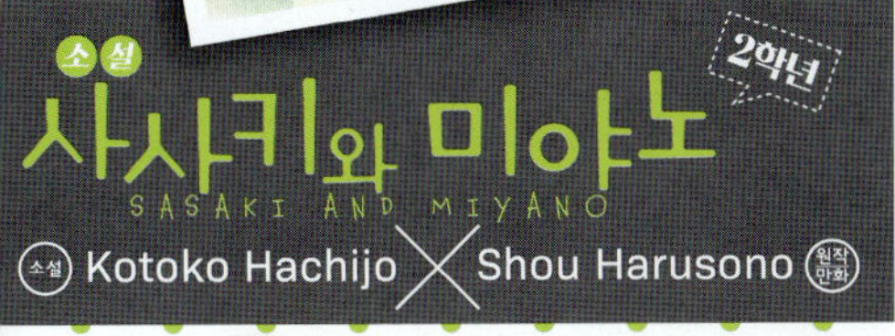
소설
사사키와 미야노
2학년
SASAKI AND MIYANO
소설 Kotoko Hachijo
Shou Harusono 원작 만화

Boys Life

소설
사사키와 미야노
SASAKI AND MIYANO
2학년

목차 CONTENTS

소설

사사키와 미야노

SASAKI AND MIYANO

2학년

제1장 교제 보고의 보고.

문패에 적힌 '후지미'라는 글자를 두 번, 세 번 확인했다.

있을까, 있겠지.

사전에 연락을 주고받아 집에 있는 걸 알면서도 그런 생각을 했다.

인터폰을 누르고, 숨을 고른다. 희미한 노이즈와 함께 들려온 네, 라는 목소리는 십중팔구 그녀의 목소리다.

"쿠레사와입니다…."

그걸 알면서도 조금 남을 대하는 듯한 목소리로 대답을 했다. 왠지 쑥스럽다.

『네—. 타스쿠, 지금 열어줄게.』

사랑스러운 그녀의 목소리에, 체온이 올라간 것 같은 기분이 들었다.

오늘은 2월 14일. 기다리고 기다리던 밸런타인데이 당일이다.

사귄 지 2년이 되는 그녀는 남들보다 몸이 약해, 입퇴원을 반복해 왔다.

지금은 집에 있지만 불과 며칠 전에 퇴원했기에, 이 추운 시기에 밖에서 만나기로 할 수는 없었다.

그렇다면 선택지는 하나뿐이다.

…그러니까, 뭐, 그냥 평소처럼 하면 되는 건데.

코트 주머니에 손을 넣고, 안에 들어 있던 핫팩을 꽉 쥐었다. 지난번에 만났을 때 그녀가 준 것이다. 추우니까 주머니에 넣어 두라며 건네줬다. 모처럼 만나는 자리니까 주머니에 넣어뒀는데, 정신을 차려 보니 너무 만져서인지 조금 뭉개져 있었다. 안 되는 걸 알면서도 자꾸 만지작거리게 된다.

좋아하는 여친의 집이라는 건, 몇 번을 와도 왜 이렇게 긴장하게 되는 걸까.

둘만 있는 게 아니다, 그녀의 부모님도 계신다, 그렇게 속으로 되뇌인다.

그녀의 부모님과 이야기를 나눌 기회는 지금까지 몇 번 있었지만, 그럼에도.

"어서 와."

문이 완전히 열리기도 전에, 통통 튀는 목소리가 귀에 들어왔다.

"실례합니다."

조금 전까지 어쩔 줄 모르고 있었던 주머니 안의 오른손을 꺼내, 얼굴 옆에서 작게 흔들어 보였다.

코트를 벗고 손을 씻은 뒤, 그녀의 부모님께 인사를 드리고 그녀의 방으로 올라가니 문을 닫자마자 그녀가 훗 웃었다.

“왠지 지금, 밖에서 만나는 것 같은 기분이었어. 오늘은 나도 외출용 차림이기도 하거든….”

처음 보는 몽글몽글한 원피스는 귀여운 데다 따뜻해 보여서 좋았다. 몸을 차게 하지 않으려고 신은 걸로 추정되는 짙은 갈색 타이츠도 겨울답고 그녀에게 꼭 어울린다.

“그 옷, 엄청 잘 어울려. 예쁘다.”

러그에 앉으려는 그녀에게 담요를 건네며 그렇게 말했다.

“…고마워, 타스쿠.”

수줍게 웃는 그 모습을 언제까지고 보고 싶다는 생각이 들었다.

“이거, 내가 준비한 밸런타인데이 선물이야. 받아줄래?”

들고 온 짐 속에서 작은 종이봉투를 내밀자, 그녀는 환하게 웃으며 받아 주었다. 사전에 이것저것 조사해서 고른, 바다 생물들을 모티프로 만든 화사한 초콜릿이다.

돌고래와 물고기, 조개와 불가사리가 알록달록하게 담겨있어, 수족관을 좋아하는 그녀가 눈으로도 즐겼으면 좋겠다고 생각하며 골랐다.

“와―! 고마워! 나도 준비했어.”

그렇게 말하며 그녀가 건네준 봉투는, 짙은 남색 바탕에 별이 흩뿌려진 아름다운 디자인이었다. 알고 있다. 행성을 모티프로 한 보석함 같은 초콜릿이다. 솔직히 말하면, 마지막 순간까지 내가 고민하던 가게의 제품이기도 했다. 그녀가 좋아할 것 같은 게 낫겠다고 생각해서 다른 초콜릿을 선택했지만.

이렇게 놓고 보니, 생각하는 게 비슷한 걸지도 모르겠다.

"응. …고마워, 유키."

방 한가운데 놓인 좌식 테이블을 사이에 두고 마주보고 앉자, 그녀는 유난히 눈을 빛내며 내게 물었다.

"있지, 올해는 몇 개나 받았어?"

호기심 가득한 표정도 귀엽다.

"딱히 세진 않았는데 마흔 개 정도? 올해도 작은 초콜릿이 많았어. 나는 참여하지 않았지만, 책상에 쌓고 카지노 같은 걸 하기도 하더라."

작년에도 작은 초콜릿이 대부분이긴 했지만, 이번엔 두 번째 겪는 거라 다들 요령이 생긴 데다 가져오는 것들의 아이디어도 비약적으로 성장했다.

크기와 색이 제각각인 초콜릿을 걸고 하는 카드놀이는 제법 열기가 뜨거워서, 점심시간이 끝난 뒤에도 좀처럼 인기가 식지 않아 방과 후까지 계속하고 싶다는 말이 나올 정도였다.

포커에서 크게 지는 바람에 몽땅 털린 타시로가, 초콜릿 빚까지 떠안고는 점심시간 중에 학교를 몰래 빠져나가 코인을 보충하러 가려 했던 게 하이라이트였던 것 같다.

어중간한 시간에 주위를 살피며 현관 쪽으로 가는 바람에, 수상히 여긴 선생님께 걸려 하마터면 반 전체가 단체로 혼날 뻔하기도 했다. 이 해프닝은 '아무에게도 초콜릿을 못 받아서, 나도 초콜릿이 갖고 싶어져서 그랬다'는 매우 애매한 변명을 꾸며낸 타시로의 기지 덕분에 무사히 넘어갔지만, 아무리 생각해도 선생님이 봐주신 것 같다.

한편, 신이 나서 전부 털린 타시로와 달리 도박을 내켜하지 않았던 미야노는, 블랙잭에 열중한 다수 속에서도 흔들리지 않고 꾸준히 안정적인 베팅을 이어가 최종적으로 반에서 가장 크게 벌었다. 단 걸 별로 좋아하지 않는데도 말이다. 욕심 없는 사람이 득을 보는 기재가 작용한 걸까.

참고로 미야노는 딴 초콜릿을 빚진 애들에게 공평하게 나눠줬다. 그 덕에 타시로도 구제를 받았다.

그 외에는 못 숨긴 초콜릿을 수업시작 직전에 허겁지겁 주머니에 쑤셔 넣은 녀석이 있었는데, 수업이 끝난 뒤에 그 녀석한테서 초콜릿 냄새가 진동하게 된 정도의 해프닝이 있었다. 뒤처리에 애를 먹을 듯했다. 재수 없게도, 비틀어서 푸는 방식으로 포장된 초콜릿이라서 체온에 녹아버린 모양이었다.

"와~ 재밌다, 남고! 즐거울 것 같아."

"우리 반은 이벤트에 진심인 애들이 많아서."

반에 따라서는 조용히 지나가는 반도 있다지만 우리 반은 이런 건수가 생기면 앞장서서 나서는 애들도 많고, 거기에 동조하는 애들도 많다.

"왠지 전에 들었던 핼러윈 때 같아."

그녀의 말에 문득 생각이 났다. 핼러윈 때는 분장용 소품을 들고 오는 경우가 많아서 수습이 안 됐고, 그 때문에 선도부인 미야노는 오후에 완전히 방전됐었다.

"아… 그럴지도. 완전 과자 파티였지. …근데 유키는 나한테만 준 거야?"

내 말에 그녀는 멍한 표정을 지었다.

"후훗, 독점욕인가요?"

놀리듯이 받아친다.

"맞아. 나한테만 줬으면 해."

시선을 떼지 않고 말하자, 그녀의 얼굴이 서서히 붉어졌다. 조금 전까지 반 애들 이야기를 하던 가벼운 분위기의 연장선이라고 생각했겠지.

가느다란 손가락으로 담요 끝을 쥔 채 꼼질댄다.

"…진지한 얼굴로 그런 말하는 거 반칙이야. 타스쿠…."

기쁜 듯이, 하지만 그보다는 부끄러운 듯이 긴 속눈썹이 파르르 떨렸다. 이렇게까지 수줍어할 줄은 몰랐네.

"유키 취향에 맞춰 봤어."

그렇게 말하자, 그녀는 힘이 빠진 듯한 미소를 지었지만 아직 여운이 남은 듯 뺨이 붉었다.

"진짜~? 타스쿠도 많이 알게 됐네."

"뭐, 거의 다 미야노 덕분이지. …아, 근데 가족들에게 주는 초콜릿은 괜찮아. 우정 초콜릿도 뭐… 괜찮고."

"후훗." 하고 그녀가 웃었다.

"아직 아무한테도 안 줬어. 타스쿠가 처음이고."

그렇게 말하며 그녀는 시선을 내렸다.

"가족들한테는 밤에 줄 거고, 아마 같이 먹게 되지 않을까? 친구들이랑은 다음 휴일에 교환하기로 했어."

아, 굳이 말 안 해도… 특별히 대우해주고 있던 거였나.

이렇게 되니 속 좁게 군 게 부끄러워진다. 그런데 귀엽다. 심장이 쿵 하고 울렸다.

“…치사해.”

괜히 시선을 피하고 싶어진다. 코트는 이미 벗어 두었으니, 주머니를 만지작거릴 수도 없다.

“보복이야.”

그녀가 씨익 웃었다.

아주 조금, 정말로 아주 조금 본심이 섞여 있었던 것은 가슴 속에 묻어 두기로 했다.

그녀는 불과 며칠 전 퇴원했고, 컨디션이 안 좋아지기 쉬운 겨울철에 집에서 지내는 건 오랜만이니까.

재작년 여름 머리를 짧게 잘랐을 때는 상당히 놀랐는데, 1년 반이 지난 지금은 다시 머리를 기르는 중이다. 느슨하게 양 갈래로 땋아내린 머리가, 부드러운 그녀의 분위기와 잘 어울렸다.

머리와 함께 땋아 넣은 가늘고 하얀 리본이 부드러운 곡선을 그리고 있는 게 정말 예쁘다. 어떤 헤어스타일을 해도 다 예뻐서, 지금 눈앞에 있는 그녀가 내 연인이라는 사실에 벅차오를 때가 있다.

“…그럼, 공부할까.”

“네, 네, 선생님.”

일부러 딱딱하게 말하자, 그녀가 키득거리며 받아주었다.

초콜릿을 교환한 후에는 그녀의 공부를 봐주기로 약속했었다.

"아… 그전에 문을 조금 열어도 될까? 유키가 추우면 닫아도 되고."

"괜찮아. 아, 근데 타스쿠한테는 난방이 좀 센가?"

"그게 아니라 부모님께 괜한 걱정 끼치고 싶지 않아서."

내 말에 고개를 갸웃하던 그녀는 몇 초 지난 뒤에 뜻을 이해한 듯 "그래." 하며 쑥스러운 표정으로 고개를 끄덕였다.

말소리가 그대로 새어 나가는 것도 그 나름대로 폐가 될 테니, 아주 조금만.

그렇게 문을 살짝 여는데, 음료와 과자를 들고 오던 그녀의 어머니와 눈이 마주쳤다.

타이밍으로 미루어 방금 전의 대화를 들었을지도 모른다고 생각하니 긴장이 됐다.

"늘 고마워. 문 얘기도…. 그래도 춥지 않겠어? 쿠레사와 군은 믿으니까 닫아도 괜찮은데…."

다정한 눈빛에 살짝 미소가 섞여 있다.

그 말 한마디로 들으셨단 걸 알 수 있었다.

"…아닙니다. 제가 열어 두고 싶어서요. 감사합니다."

이런 태도가 어쩌면 배려해주는 척 애쓰는 것처럼 보일지도 모른다.

그렇다 해도.

그녀를 아끼는 사람들에게 괜한 걱정을 끼치고 싶지 않다.

내 여자친구, 후지미 유키는 통신제 고등학교를 다니고 있기에 자습의 비중이 크다.

컨디션이 불안정한 상태에서 학교 수업을 따라가기가 쉽지 않은 듯해서, 이해하기 어려운 부분들은 내가 도와주고 있다.

이렇게 얼굴을 맞대고 공부하고 있으면, 예전부터 같은 교실에서 함께 공부해 온 것 같은 기분이 들어 신기하다. 중학생 때 실제로 같은 반이었을 때는, 반 애들 틈에 껴서 병문안을 가기 전까지 말 한 마디 나눠본 적도 없었는데 말이다.

"아 참… 미야노랑 사사키 선배 말이야, 얼마 전에 사귀기 시작했대."

한 차례 복습을 마치고 그녀가 샤프를 내려놓았을 때, 오늘 안에 들려주고 싶었던 말이 자연스럽게 입에서 튀어나왔다. 왠지 이것도 그녀와 같은 학교에 다니는 것 같다는 느낌을 준다. 점심시간이나 자습시간에 나누는 잡담 같았다.

순식간에 얼굴이 환해진 그녀는, 당장이라도 박수를 칠 것처럼 보였다.

"사귄대? 축하할 일이네! 와— 내 일처럼 기뻐."

그리고 나는 미야노 대신 축하받고 있는 것 같은 묘한 기분이 들었다.

본인에게도 말해 주는 게 좋으려나.

"그렇게 좋아? 직접 만난 적도 없잖아."

"만나본 적은 없지만… 타스쿠가 기쁘면, 나도 기쁘거든."

"……."

기쁘다고 한 적은 없는데.

하지만 굳이 정정하기도 민망한 기분이 들어, 나는 입을 다물 수밖에 없었다. 괜히 흘러내린 안경을 밀어올렸다.

그녀는 내 마음 깊은 곳까지 꿰뚫어보는 것 같다. 다른 누구도, 예를 들어 미야노나 타시로도 알아채지 못할 미세한 감정의 흔들림까지 유키에게만은 들키고 만다.

"부끄러워 하긴."

그녀는 내 얼굴을 들여다보기라도 하듯 좌식 테이블 쪽으로 몸을 기울이고 웃으며 말했다. 이렇게 달콤하게, 기쁘다는 듯이 말해 버리면 항복하는 수밖에 없다.

유키의 팔에 부딪히지 않도록 커피잔을 밀고 마지못해 고개를

끄덕였다.

"…기쁘다기보다는, 이제서야 싶은 거지."

"후훗."

싱글벙글 웃는 그녀는, 병실에 있을 때보다도 더 편안한 듯 보였다.

아무리 입원 생활에 익숙하다 해도 밖은 밖이니까, 완전히 긴장을 풀 수는 없었을 것이다.

그렇게 생각하니 더 애틋함이 몰려왔다. 병원은 그녀가 안전하게 지내기 위해 필수불가결한 곳이고, 그녀는 어디서든 즐거움을 찾아내는 데 능숙하다는 걸 알면서도.

"근데 나한테 얘기해도 돼? 타스쿠한테 털어놓은 얘기잖아."

"유키한테 얘기해도 되는지 물어봤고, 허락받았어."

이건 가십거리를 퍼뜨리는 게 아니다. 멋대로 그래서도 안 될 일이고.

하지만 그렇게 얘기했는데도, 그녀는 여전히 생각에 잠긴 표정이다.

"그래도 된다고 바로 허락했어?"

예리하다.

"…바로는 아니었지만."

"얼마나 졸랐어?"

커피를 마시며 대답을 피했다.

시선을 슬쩍 피해 커튼 끝자락을 바라본다.

"……."

하지만 그녀는 재빨리 내 시야에 들어오도록 자리를 옮겼고, 내가 조금 움직일 때마다 따라와서 더는 피하기 힘들 것 같았다. 그러는 그녀가 귀엽기도 했고.

이제 묵비권을 행사하는 수밖에 없다. '졸랐다'는 부분까지 정확히 짚어내는 그녀에게는 무의미한 저항일 테지만.

"타스쿠 성격이면, 상대가 포기할 때까지 눈으로 호소하고 그랬던 거 아니야?"

내 끈질김을 몸소 체감한 바 있기에, 그녀는 확신에 찬 표정이었다.

"…그렇게까지 집요하게 굴진 않았어, 나름."

"정말일까아?"

"그럼. 미야노가 괜찮다고 했다니까."

미야노는 싫은 건 싫다고 말할 줄 아는 녀석이니까, 하고 속으로 중얼거렸다.

쿠키 하나를 집어 입에 가져가던 그녀가 불현듯 눈을 깜빡이

더니, 입에서 “아.” 하는 소리가 새어나왔다.

그녀는 입을 손으로 가리며 조심스럽게 물었다.

“…설마 타스쿠, 그 얘기 들은 게 내 병문안 왔을 때였어?”

“왜?”

정곡을 찔렸다. 갑자기 정답을 맞히다니 놀라웠다. 아무리 그래도 너무 예리하잖아.

“딱 한 번, 타스쿠가 평소랑 다르던 때가 있었잖아. 문자 보고 갑자기 벌떡 일어나더니, 무슨 일이냐고 물어도 나중에 알려 준다고 했던… 그때 맞지?”

“…잘도 기억하네.”

“큰 소리 내면서 일어서는 그런 행동, 타스쿠는 평소에 안 하니까. 기억할 수밖에.”

그녀는 어깨를 으쓱하며 미소 지었다.

…그렇구나. 내가 그녀를 잘 보고 있는 것처럼, 그녀도 나를 보고 있었던 거다.

이렇게 과장해서 뿌듯함을 내보일 만큼.

부끄러움을 숨기는 것까지 알아채는 건 역시 민망하지만, 자신을 이해해 주는 여친이 있다는 행복이 새록새록 느껴졌다.

“…고마워.”

그녀는 뭐가 고맙냐고 웃으며 말을 이었다.

"미안해, 사실은 조금 질투도 느꼈어."

조금 어색하게 웃는 모습이 신경 쓰여, 나도 모르게 그녀의 눈을 똑바로 바라봤다.

"그랬어?"

"응. 그런데 기쁜 것도 사실이야."

가슴에 뭔가 스르륵 벅차오른다.

수줍게 미소 짓는 그녀를 가만히 바라보고 있으니, 재촉이라고 느꼈는지 커피를 한 모금 마신 뒤 조심스럽게 입을 열었다.

"타스쿠는 친구들이 놀자고 연락해도 거절하는 경우 많지? 병문안도 자주 오고, 주말도 시험이 코앞일 때 빼고는 거의 같이 있어 주고…. 근데 불러서 안 나가는 경우가 많아도 주변 사람들이 계속 초대해 주잖아."

"뭐, 그러고 보니 그렇네."

그녀가 제일 소중하다며 번번히 초대를 거절하지만, 어차피 안 올 거라며 아예 말을 안 건다거나 하지는 않는다. 사실이긴 한데, 이렇게 다시 들으니 대단하다는 생각이 들었다.

"그런 친구가 있는 건 역시 평소에 자주 만날 수 있어서겠지, 하고 생각하면… 부럽게 느껴지거든. 누가 누구랑 사귄다거나 하는 얘기도, 공통된 지인이 아니면 얘기할 일이 그리 없을 거고."

확실히, 미야노에게 들은 매우 개인적인 교제 보고도 개별 학습 중심인 그녀에게는 부러운 게 당연하다.

스쿨링 때 얼굴을 마주치는 동급생들과 연락을 주고받기도 한다지만 매일 교실에서 마주치는 것만큼의 친밀감은 생기기 어려울 테고, 다가가고 싶어도 역시 조심스러움이 앞설 테니까. 중학교 때는 한 번도 만나본 적 없는 동급생 이름까지 꼼꼼히 기억할 정도였으니까 그리움도 남들보다 더 클지도 모른다.

그녀가 우리 학교 이야기를 듣고 싶어 하는 것에는 그런 이유도 들어있지 않을까 하는 생각이 들 때가 있다.

"…언젠가 제대로 소개할게. 미야노한테는 신세도 많이 졌고."

"그래?"

그녀가 의아한 듯 고개를 갸웃했다. 전혀 예상하지 못했다는 얼굴이다.

"내가 사오는 만화, 미야노한테 조언을 받아 사고 그러거든. 내용이나 유행 같은 건, 실제로 읽는 사람이 아니면 잘 모르는 부분이 있으니까."

신간 체크 정도야 나도 할 수 있고, 적잖이 읽고 있기도 하지만, 이 책을 좋아했으면 이것도 취향에 맞을 거라는 추천은 잘 아는 사람이 아니고서는 해줄 수 없는 조언이다.

“그랬구나. 나도 감사 인사하고 싶다.”

“…톡으로? 전화로? 설마 직접?”

“혹시 질투하는 거야? 아까는 소개해 준다며.”

“아니… 질투는 아닌데….”

그녀에 대해서는 말할 것도 없고, 미야노도 믿는다. 두 사람 사이에 무슨 일이 생길 거라고는 생각하지 않는다.

그냥 단순히 이 두 사람이 BL 이야기를 하기 시작하면 나는 끼어들 수 없을 것 같다는 생각이 들 뿐이다.

뭐, 질투하지 않으리라는 보장은 없지만, 그런 게 아니라—.

생각에 빠지자 미간이 저절로 찌푸려지는 게 느껴진다. 이 감정은 뭘까.

소외감일지도 모른다.

내가 속이 좁다는 건 알고 있다. 그녀와 누구보다 많이 이야기하고 싶고, 함께 있고 싶다. 그래서 대화에 끼지 못하는 건 싫지만, 그렇다고 그녀가 기대하는데 찬물을 끼얹고 싶은 건 아니다.

이런 생각이 부담이 될 수 있다는 것도 알고 있다. 하지만 어떻게 말로 풀어야 할지, 바로 떠오르지는 않았다.

싫은 건 아닌데— 그 자리에 내가 있으면 안 되는 걸까?

"아, 그룹 채팅이라면 괜찮—."

"아휴, 정말 걱정이 많다니까."

내 고민을 날려버리기라도 하듯, 그녀는 시원하게 웃어 주었다.

"…응?"

걱정이 많다고? 뭐가?

"방금 소리 내서 말했어. 말했다기보단 새어나온 느낌?"

반사적으로 입을 막고 그녀를 바라봤다.

"…진짜로?"

"후훗. 응, 그러니까 타스쿠도 같이 있어줘."

"하필 말을 해도…. 으아…."

부끄럽다. 머릿속이 그 생각 하나로 가득 찼다.

이리저리 생각하다가 제일 유치한 부분을 들켜버린 모양이었다.

나도 모르게 고개를 숙이자, 그녀는 앉은 채로 조금 더 가까이 다가왔다.

"있잖아. 앞으로도 쭉, 아주 먼 훗날까지 그 누구보다 타스쿠랑 함께할 수 있으면 좋겠거든. 그러기 위해서 더 건강해질 거야."

앞으로도 쭉— 그 누구보다 나랑.

꾸밈없는 그 말이 내게는 한없이 성실하고 달콤한 프러포즈처럼 들렸다.

그런데. 어?

…그렇게 받아들여도 되는 거겠지? 오늘은 밸런타인데이잖아.

조금 전 안경을 고쳐 썼음에도 다시 흘러내린 안경을 다시 한 번 가볍게 밀어올렸다. 이상하다. 겨울방학이 되고 나서 조율했는데, 벌써 느슨해진 걸까.

"저기, 빨개졌어."

"…뭐가?"

"타스쿠 얼굴. …그래서 대답은?"

설마. 이런 게 얼굴에 다 드러나는 편은 아닌데, 나.

"…센스 있는 답을 생각하는 데 시간이 걸립니다."

그러자 그녀로서는 드물게 큰 소리로 웃었다.

"후훗, 언제까지라도 기다릴게요."

그 '언제까지라도'라는 표현마저 의미심장하게 들렸다.

목이 마르다고, 굳이 말하지 않아도 될 말을 하며 난 커피잔을 들어 올렸다.

"자, 그럼 답례는 어떤 BL이 좋을까. 미야노는 어떤 취향이야?"

이런 질문을 받는 건 처음이다.

그녀의 취향이라면 얼마든지 이야기할 수 있지만.

"몰라."

"…친구의 성적 취향에 관심 좀 가져."

무리한 소릴 하네. 하지만 이런 장난도 싫지 않다.

"사내 녀석 취향에는 관심 없는데."

"떠올려 봐. 조언을 해줬을 때라든가, 타스쿠가 묻지 않았는데도 미야노가 먼저 꺼낸 말이라든가. 하나라도 알면 그게 힌트가 될 거야."

"필사적이네…."

어쩔 수 없이 기억을 더듬어 보지만, 바로 떠오르지 않는다.

"글쎄… 상당히 폭넓게 보는 편인 것 같던데. 아, 예전에 늘 보던 학원물이 잘 안 읽히게 돼서, 오피스물을 보고 있다고 했던 시기가 있었던 것 같아. 그리고 또… 해피엔딩이나 개그물은 자주 본다고 했던 것 같아."

어쩌면 개그물은 사사키 선배에게 추천해주던 작품 이야기였을지도 모르겠다. 기억이 너무 애매하다.

고개를 끄덕이며 반응해주는 그녀에게도 미안하니까, 가능하다면 제대로 떠올리고 싶은데.

“그렇구나. 해피엔딩은 수의 심경 변화뿐만 아니라 공의 마음에도 공감할 수 있어서 좋고, 무엇보다 다 읽고 난 뒤 여운이 좋으니까….”

“그렇군.”

이 분위기로 보아, 역시 실제로 만나면 BL 이야기로 한껏 달아오를 게 분명하다.

미야노가 사사키 선배와 이야기할 때만 봐도, 복도인데도 벽치기—라기보단 거의 몸으로 들이받을 정도로 열기가 대단했으니까. 사사키 선배가 화제를 던지고 미야노가 거기에 답하는 분위기에서도 그렇게 되는 걸 보면, BL을 좋아하는 사람끼리니까 열기가 그 몇 배는 될 것 같다.

“그럼, 미야노는 타스쿠한테 BL 이야기를 잘 안 꺼내? 이 만화가 좋았다, 같은 감상 말이야.”

“가끔은 부남자 특유의 단어가 대화에 섞일 때도 있긴 해…. BL적 망상이라든지, 주변에서 그런 소재가 튀어나왔을 때라든지. 작품에 대해서는 유키랑 하는 것처럼 대화하진 않아.”

아마 그런 이야기는 사사키 선배에게만 하지 않을까.

어디까지나 추측이기 때문에 그 부분까지 얘기하지는 않겠지만.

“굳이 따지자면 내가 미야노한테 더 많이 얘기하는 것 같아.”

“뭘?”

“뭐, 여친 자랑 같은 거.”

이럴 때 학교 친구들은 뭘 당연한 얘기를 하냐는 반응을 보이는데, 정작 당사자인 유키는 전혀 몰랐던 부분이기 때문에 놀림받았다고 느꼈는지 뺨을 부풀리며 툴툴댔다.

“아이 참. 2학기 때 수학여행 가서도 이런저런 얘기를 했을 거 아냐. …어? 잠깐만. 내 얘기 말고 다른 얘기도 한 거 맞지?”

“유키 얘기 말고요…?”

일부러 놀리듯이 존댓말을 쓰며 생각하는 척한다.

“…아무래도 없는 것 같은데.”

일부러 진지하게 대답하자, 그녀는 곤란한 표정을 지었다.

“장난…치는 거지? 아니지?”

걱정스러운 목소리에, 너무 장난이 심했나 싶어 반성한다.

“장난이야. 수학여행 가서는 음… 유키가 좋아할 만한 이야기가 아주 없지는 않았던 것 같아.”

“응? 어떤 거?”

그러고 보니 유키에게 수학여행 얘기를 그렇게 자세히 하진 않았다. 수학여행을 가서도 톡이나 전화로 계속 연락을 주고받아서, 행선지나 체험 코스 등 기본적인 건 그녀도 다 알고 있었고.

돌아온 뒤에도 같이 사진을 보면서 가고 싶은 장소나 먹어보고 싶은 음식 이야기는 나눴지만, 그러다 앞으로의 여행 계획을 세우는 분위기가 돼서 누가 뭘 했느냐는 화제로 넘어가지 않았던 탓도 있다.

지도를 펼쳐 들고 동선을 고민하거나, 가이드북을 펴 놓고 눈을 반짝이던 유키는 정말이지 너무나도 사랑스러웠다. 그리고 "우리 둘이 가는 거지?"라며 긴장을 숨기지 못한 목소리로 몇 번이나 확인하던 그녀 때문에 나까지 덩달아 긴장해 버려서, 그날 집에 가는 길에는 차가운 공기 속에서도 손끝까지 달아올라 있던 감각이 아직도 선명하다.

"연애 얘기 같은 것도 했어."

원래도 귀여운 그녀가, 환한 미소를 가득 머금었다. 반짝이는 눈동자가 밤하늘의 별처럼 빛나 보인다.

"보이즈 토크! 듣고 싶어!"

꽉 쥔 작은 주먹 위에, 나는 조심스럽게 손바닥을 겹쳤다.

"응. …그럼, 순서대로 이야기해 줄게."

아직 사사키 선배와 사귀기 전이었던 미야노.

밤에 호텔에서 나눴던 연애 얘기들.

그리고 우연히 귀에 들어온, 억측일지도 모르지만 왠지 신경 쓰였던 요소의 일치까지 덧붙여서.

한 번도 만난 적 없는 동급생의 행복을 진심으로 기뻐해 주는 그녀에게, 내가 아는 따듯한 이야기를.

소설
사사키와 미야노
SASAKI AND MIYANO
2학년

제2장 쿠레사와의 회상(수학여행).
수학여행
가이드북

우리 학교는 수학여행을 2학년 가을에 간다.

다른 학교에 비해 자유로운 편이라서 행선지는 홋카이도·오키나와·하와이, 이 셋 중에서 선택하는 방식이다.

실제로 다녀온 선배들에게 감상을 묻는 건 기본이라 나는 천문부 선배들에게, 얼굴이 워낙 넓은 타시로는 한자와 선배를 필두로 교류했던 여러 선배들에게, 그리고 미야노는 친한 사사키 선배나 히라노 선배에게 물어봤고, 그 결과 홋카이도를 희망하게 되었다. 보통 동아리 활동이나 위원회 인연을 통하기 때문에, 물어본 대상이 겹친 경우도 있었다.

호텔 조식부터 차원이 다르다, 생선 맛이 다르다. 재료가 전부 현지에서 나는 거라 디저트 종류에도 실패가 없다며 열변을 토하던 선배가,

“또 가고 싶다. 매년 가도 좋을 정도야. 다음엔 여름에 가 보고 싶어.”

라고 그리운 듯 말하는 걸 들으면서, 언젠가 그녀와 함께 올 때를 위한 사전 답사가 되겠다고 생각했다.

여행 준비는 학생 주도로 진행되기 때문에 매주 한 번, 6교시 종합시간에 행선지별로 나뉘어 회의할 자리가 마련되었다.

배부된 자료 외에도 각자 가이드북을 가져와서, 이런저런 우회

코스를 이야기하며 현지에서의 코스를 정해 간다.

4박 5일 일정이지만, 마지막 날은 돌아오기만 하니 실제로는 나흘뿐이다.

여행 계획을 주체적으로 선택할 수 있는 첫 기회라 의견은 이리저리 오갔고, 우리는 몇 번이나 일정을 다시 짰다.

첫째 날은 삿포로 시내에서의 선택형 체험 학습으로 플라네타리움, 등산, 캔들 만들기, 아이스크림 만들기 같은 코스 중에서 각자가 희망하는 것을 고른다.

나는 처음엔 플라네타리움을 염두에 두고 있었는데, 후보에 올라 있던 시설에 이미 가본 적이 있었다.

어릴 적 일이라 부모님 손에 이끌려 갔을 때와는 또 다른 경험이 될 테고, 다시 가고 싶다는 생각도 들긴 한다. 하지만 그건 굳이 이번이 아니어도 된다. 수학여행이니까.

그렇게 생각하고, 미야노를 따라가기로 했다. 아이스크림 만들기 체험이다.

"…미야노, 단 거 싫어하지 않아?"

그의 선택은 솔직히 말해 의외였다.

아이스크림만은 예외라는 뜻은 아닐 테고—라고 생각했는데,

아니나 다를까 미야노는 "그렇긴 한데."라며 고개를 끄덕였다.

옆에 있던 타시로가 고개를 갸웃한다.

"너 요리도 잘 못하지 않았어?"

"아이스크림은 요리가 아니잖아."

그냥 섞기만 하면 되는 거 아니냐고 내가 끼어들자, 미야노는 벌레 씹은 듯한 표정을 지었다.

"요리야…!"

정말로 요리를 못 하는 게 맞나 보다.

조리 실습 때의 참사를 떠올려 보면, 무책임하게 섞기만 하면 되니까 쉽다고 말할 수 없다.

"스펀지 케이크가 고무 같아서 웃겼는데—."

"웃길 거 없어."

꾹 눌린 스펀지케이크는, 미야노 것만 유독 색깔도 달랐다.

"쿠키는 치아가 못 이겨낼 것 같았지."

재미 삼아 시식해 본 누군가가 '보존식 같은 단단함'이라고 평했었다.

"그건… 미안하게 생각하고 있어…."

놀리는 카라스바라와 시라하마의 말에 미야노는 성실하게 대꾸하고 있다.

아무래도 미야노의 결심은 단단한 듯하다.

신청서에 적은 글자에도 왠지 기합이 들어가 있는 것 같았다.

아이스크림 만들기가 과연 요리의 범주인가 싶기도 하지만, 섞기만 하면 되는 행위조차 난제로 느껴질 만큼 요리에 자신 없는 게 분명하다.

"근데 왜 도전해 볼 생각을 한 거야?"

"…선배들이 작년에 아이스크림 만들기 체험을 했었다고 했거든."

1년 뒤에 따라 하는 거냐는 말은 굳이 하지 않았다.

말하기 곤란한 듯 대답하는 미야노를 보니 왠지 그 속이 짐작이 갔다. 미야노는 선배를 좋아하기 이전에 동경한다고 했으니까.

그러냐고 맞장구를 치며, 나도 신청서에 목장의 이름을 적어 넣었다.

"얘기 듣다 보니까 아이스크림이 먹고 싶어졌어. 나도 그쪽으로 할까 봐—. 갓 만든 것도 한번 먹어보고 싶고."

적지 않고 바라만 보고 있던 타시로가 망설여지는 듯 샤프를 빙글빙글 돌린다.

"타시로는 가고 싶은 데가 많을 것 같아."

“많아. 엄청 많아. 다 가면 안 되나—.”

“타시로답긴 한데 그건 무리지.”

“역시 그렇겠지—.”

미야노와 타시로의 대화를 들으며 살짝 웃었다.

결국 타시로는 다른 친구의 추천으로 등산을 선택했고, “장비가 필요하려나.” 하고 중얼거렸다. 말이 끝나기 무섭게 “준비물은 프린트에 다 써 있잖아.”라는 딴죽이 들어온다. 가벼운 등산이고, 대략 세 시간이 소요된다고 한다.

그날 밤에도 다른 산에 오를 텐데, 라는 생각이 스쳤지만 운동부 쪽에서는 인기가 많은지 벌써 꽤 많은 인원이 모여 있었다. 타시로는 언제나 분위기를 밝게 만들어 주는 타입이라, 걷다 지치는 사람이 있으면 그 사람에게 힘을 줄 것 같다.

“타시로가 있으면, 걷느라 힘든 것도 잊을 것 같아.”

미야노도 비슷한 생각을 하고 있었던 모양이다.

“적재적소.”

“그러게.”

미야노가 작게 웃었다.

***

수학여행 첫날, 첫 일정이었던 아이스크림 만들기 체험에서 미야노는 예상대로 똥손의 실력을 유감없이 발휘했다.

도구와 재료가 전부 준비되어 있어 정해진 순서대로 섞기만 하면 되는 상황이었는데, 미야노의 아이스크림만 좀처럼 굳지 않았다.

"사사키 선배는 금방 굳었다던데…."

미야노가 당혹스러워할 즈음에는 거의 대부분 아이스크림을 완성한 뒤였다.

보울을 들여다 보니 식히기 위한 얼음물이 탁해져 있어서, 내용물이 넘쳤다는 걸 한눈에 알 수 있었다.

아무리 그래도 너무 시간이 걸리니까, 보다 못한 목장 직원이 얼음물에 소금을 더하거나 중간에 섞는 걸 잠시 대신하며 굳는지 상태를 봐주는 등 후반부에는 거의 붙어서 도와주는 형국이 됐다.

아이스크림 만들기를 마친 뒤에는, 여행의 정석이라 할 수 있는 시내 관광이다.

시계탑의 외관 사진은 본 적이 있는 데다 흔히들 작다고 하지만, 안에 들어가자 역사를 품은 건물이 지닌 존재감에 압도됐다. 전시 패널 곳곳에서 수험 공부로 익혀 둔 지식을 확인할 수 있었고, 2층의 강당은 널찍하면서도 위엄이 있었다. 원래 학교였던 곳인 만큼, 오래된 대학 건물 안으로 들어온 듯한 기분이 들었다.

진한 사탕색처럼도 보이는 오래된 건축물 특유의 윤기를 더한 목재의 색이, 단아한 자태를 한층 더 돋보이게 했다. 진지한 배움의 장이다.

역사가 느껴지는 이런 장소 특유의 분위기를 좋아한다.

밖으로 나와 보니 가로수의 은행잎이 선명하게 물들어 있고, 하늘마저 눈부시게 보이는 게 신기했다.

지도를 보며 계속 관광을 하고, 기념품 가게를 기웃거리기도 하며 해가 지기 전에 호텔에 도착하니, 다른 코스를 선택했던 그룹 애들이 하나둘 귀가했다.

등산팀은 관광 없이 곧장 호텔로 돌아온 탓에 쇼핑 욕구가 아직 남아 있는지, 곧 저녁을 먹을 시간인데도 호텔 매점에서 과자를 사는 녀석들도 있었다.

수학여행 첫날은 꽤 빡빡하다. 저녁 식사 후에는 로프웨이를 타고 야경 감상.

조를 편성하지는 않아서 도착한 순서대로 탑승했다. 아직 가을인데 겉옷을 입고도 쌀쌀하다. 선배의 조언대로 얇은 다운을 챙기길 잘했다.

나는 미야노와 같은 곤돌라에 탔다. 생각보다 안은 넓었다.

하지만 남자 고등학생들로 빽빽하게 채워지다 보니 순식간에 좁아진 느낌이 들었다. 등굣길 전철처럼 빽빽한 건 아니지만 말이다.

같이 탄 사람이 전부 우리 학교 학생들이라 그런지, 낯선 장소인데도 묘하게 친숙한 분위기가 형성됐다. 여기저기서 웅성웅성 대화소리가 들려온다.

"근데 너, 이제 와서 묻는 것도 웃기지만 왜 홋카이도야? A반은 해외로 많이 가지 않았냐?"

내 바로 옆에 서 있는 둘 중 한 명이 A반인 모양이다. 보기 드문 조합이라고 생각했다. 대화 내용으로 미루어 다른 한 명은 다른 반인 것 같다.

우리 학교는 코스가 많다 보니 반마다 특색이 있고, 그 영향이라고 말할 수는 없지만 A반은 해외를 선택하는 학생이 많았다.

"히라노 선배가 홋카이도에 갔다고 했거든."

"또 히라노 선배냐. 그게 누군데?"

“안 알려줘.”

—히라노 선배라면, 그 히라노 선배를 말하는 건가?

엿들을 생각은 없었는데, ‘히라노 선배’라는 단어가 귀에 박혀서 나도 모르게 왼쪽을 보게 되었다.

크다.

곁눈질로 본 상대—‘히라노 선배’를 거론한 인물은 생각보다 키가 컸다. 사사키 선배보다도 큰 게 아닐까 싶을 정도다.

미야노가 가끔 히라노 선배를 ‘수’로 본다고 말하던 게 의아했는데, 확실히 상대가 이 정도로 크면 수라고 생각하는 것도 이해가 간다. 실제로 상대가 맞는지는 제쳐두고.

히라노 선배는 남자답고, 키도 평균 이상이고, 기합도 들어가 있고, 힘도 세 보여서 당연히 ‘공’이라고만 생각했는데, 이렇게 스포츠를 할 것 같은 체격 좋은 녀석이 상대라면 이미지가 달라진다. 인정이다.

그녀에게 보고해야 하나…?

습관처럼 나는 반사적으로 핸드폰을 꺼냈다.

“쿠레사와, 왜? 무슨 생각해?”

경치를 보고 있던 미야노가 이쪽을 돌아본다.

뭐라고 대답할지 잠시 망설였다.

좀전의 그 대화는 미야노에게는 들리지 않았던 것 같고, 괜한 망상을 입에 담는 건 좀 아니다.

"그냥, 여친한테도 이 풍경을 보여주고 싶다는 생각이 들어서."

"여전하구나…"

"뭘."

눈부신 야경을 바라보며 작은 목소리로 나눈 대화는, 밤하늘 속으로 그대로 빨려 들어갈 것만 같았다.

"딴 얘기인데, 나 뷔페에 게가 쫙 깔려있는 거 처음 봤어."

"그러게. 그리고 셀프로 덮밥 만들어 먹을 수 있는 코너에 연어랑 연어알이 있는 것도 난 꽤 충격이었어…."

"그 정도면 미야노도 요리할 수 있지 않아?"

"아무리 나라도, 덮밥에 올리기만 하고 요리했다고 하진 않아…."

미야노가 노골적으로 얼굴을 찌푸리는 걸 보니, 아까의 아이스크림 만들기가 떠오른 모양이다.

"맞다. 편의점에서 회 파는 거 봤냐?"

"어, 진짜? 나도 볼걸."

차원이 달라.

그렇게 중얼거리는 미야노 너머로 야경이 펼쳐져 있다.

대화의 중심은 어패류였지만, 저 광경을 잘라내면 꽤 근사한 그림이 될 것 같았다.

—이걸 찍어서 사사키 선배한테 보내면, 조금이나마 도움받은 데 대한 보답이 되지 않을까.

핸드폰을 꺼내 미야노 쪽으로 들자, 미야노가 의아해보이는 얼굴로 물었다.

“뭐야? 사진? 안 찍힐걸.”

구도 잡는 모습을 보고 알았나?

“플래시 켜도 돼?”

“주변에 민폐잖아… 아니, 그보다 왜?”

내키지 않아 하는 미야노를 설득할 자신은 없었지만, 밑져야 본전이다.

“여친한테 보여주게.”

그렇게 핑계를 댔다.

선배한테 보내려고 한다면 찍게 해줄 것 같지 않으니, 그녀에게 보내고 싶어 하는 걸로 하자.

그리고 그녀한테도 보낼까. 사사키 선배가 여장 대회 때는 다른 사람한테 보여주기 싫다고 했지만, 지금의 미야노는 평소 모습이니까 괜찮지 않을까. 그러자.

"싫어."

…여친 핑계도 안 통하네.

잠자코 셔터를 누른다.

"왜 찍는데?"

혼났다.

찍은 사진은 야경의 역광이 너무 강해서 미야노가 그림자처럼 찍혀 있었다.

"안 나왔어. 지울게."

"그렇다고 말했잖아…."

사진을 지우다가 문득 떠올랐다.

학교 축제 당시 여장 대회에서, 사사키 선배는 미야노를 그런 의미로 좋아한다는 걸 분명하게 밝혔다.

앞으로 어떻게 될까. 선배도, 미야노도.

선배는 곧 졸업한다.

"…선배 말야, 어떻게 할 생각이야?"

"뭐?"

"곧 졸업이잖아. 마음 전할 수 있는 시간이 얼마 안 남았는데… 선배 마음에 대해서, 솔직히 어떻게 생각해?"

옆 사람에게도 들리지 않을 만큼 작은 목소리였는데, 미야노의 귀에는 확실하게 들린 모양이다.

창밖 풍경을 바라보던 미야노가 홱 하고 왼쪽에 있던 나를 돌아봤다.

"……!"

어둠 속에서도 알아볼 수 있을 만큼, 미야노의 얼굴은 붉게 달아올라 있었다.

야경마저 붉게 보일 정도로.

"선배의 마음이라니…."

"…예를 들어서."

놀라서 나도 모르게 변명을 했다.

"아, 응…. 나도 알아…."

미야노의 목소리는 내 목소리보다 더 작았다. 말을 놓치지 않도록 살짝 몸을 기울였다.

자칫하면 주변의 웅성거림에 섞여 사라질 것 같은 목소리는 평소와 달리 맥이 없었다.

"좋아한다고 말해보지 그래?"

기다리는 쪽이었던 입장인지라, 나는 사사키 선배의 마음에 공감이 간다.

"…지금 말한다 해도… 만약이지만, 상대의 마음과 균형이 맞지 않아서 상처를 주거나 소중히 하지 못할지도 몰라. 가벼운 마음으로는 말할 수 없어."

"서로 보는 시각을 바꿔서 같이 변해가는 경우도 있잖아. 그렇게까지 고민하고 있다는 것 자체가, 미야노의 마음이 가볍지 않다는 증거야."

보다 마음이 깊은 사람으로서의 의견이다. 미야노가 쓴웃음을 지었다.

"그래서 더더욱…이라고 말해도 될지는 모르겠지만… 전한 뒤에, 역시 같은 마음이 아니란 걸 느끼게 되면 어떡하나… 싶기도 해."

"걱정이 많네. 막상 말로 해보면 더 좋아질 수도 있는데."

옆에서 보기에 미야노는 넘칠 만큼 진지했고, 열의를 갖고 마주할 각오도 있어 보인다.

"어떻게?"

그 질문에, 유키의 얼굴이 떠올랐다. 어떻게 설명해야 할까.

돌이켜 보면, 미야노는 꽤나 알기 쉬웠다. 수학여행을 오기 전에 사전 질문을 하러 간 사람은 주로 사사키 선배와 히라노 선배였을 텐데, 정보를 공유할 때 보면 사사키 선배 얘기가 압도적으로 많았던 것이다.

사사키 선배는 미야노를 좋아하는데, 혹시 그 감정이 일방통행이 아니어서 미야노도 선배를 좋아하는 걸까?

그렇게 생각하기 시작하자, 납득이 가는 일들이 많아졌다.

미야노도 마음이 있다는 걸 깨닫고 나니, 둘을 둘러싼 분위기가 전과는 다르게 보인다. 말하면 좋을 텐데, 하는 생각이 든다.

나는 중학교 졸업식 날 그녀에게 고백했고, 3월 말이 되어서야 답을 들었다. 졸업을 하나의 마침표처럼 의식하게 된 것은 아마 그 경험 때문일 것이다.

사귀고 얼마가 지난 다음, 유키는 내게 "전부 다 기뻐."라고 말해줬다. 하지만 내가 하는 모든 게 기쁘다는 말이, 그때는 잘 실감이 나지 않았다.

그랬더니 그녀는 "왜냐면 전부 나를 좋아해서 해주는 거잖아?"라고 말해줬다. 대단한 자신감이었다. 그녀는 웃으며, 내가 그녀를 좋아하는 마음이 제대로 전해지고 있다는 걸 확인시켜 주었다.

무엇보다도 기뻤던 것은 그녀가 내 마음을 조금도 의심하지 않고 있다는 부분이다.

그 모든 게 '좋아한다'는 마음에서 한 발짝 내디뎠기에 가능했다. 서로에게 마음을 전함으로써, 흔들리지 않는 절대적인 신뢰가 생긴다. 말을 해야만, 제대로 전해야만 쌓을 수 있는 관계란 게 분명 있다.

부모님에게 받는 사랑이나 태어날 때부터 주어진 그 무엇처럼 흔들리지 않는 절대적인 것. 내가 그 중 하나가 되었다는 것을 그때 확신했다.

그 뒤로는 그녀의 모든 행동이, 나를 신뢰하고 있다는 증거처럼 느껴져서 더욱 더 좋아하게 됐다.

"음… 미야노는 부모님이랑 사이 좋아?"

"뭐… 좋은 편이라고 생각해. 대화도 자주하는 편이고."

갑작스러운 화제 전환이라고 느꼈는지, 미야노는 의아한 표정이었다.

"그럼 알 수 있지 않나? 부모님은 사이좋을 때나 다툴 때나, 근본적으로는 서로 신뢰하고 또 신뢰받고 있다는 느낌이 들 때 없어?"

새삼스럽지만 이런 말을 하고 있자니 민망함이 올라온다.

"…있어…. 있긴 한데…."

미야노도 말을 조금 더듬었다.

부모님만이 아니다. 친구도 마찬가지다.

굳이 직접 얼굴을 보고 당사자에게 할 말은 아니지만.

“그런 안도감이나 신뢰는 쌓아 가는 거잖아. 나는 여친에게 고백하고 답을 받은 순간, 비로소 출발선에 섰다고 생각했어. 서로 좋아하는 마음을 확인하고 사귄다는 건, 처음엔 익숙하지도 않고 불안하기도 하거든. 짝사랑하던 때와는 다른 자리에서 시작되는 거지. 둘이 함께 시작하는 관계니까, 내가 먼저 좋아하게 됐어도 그녀가 한 단계 더 깊은 곳에서 나를 소중히 여겨 주기도 해. 그래서 머릿속으로 상상하던 때보다 훨씬 더 행복해….”

선배에게 힘을 보태주고 싶었던 건데, 나도 모르게 열변을 토해버렸다.

미야노의 얼굴에는 대놓고 내가 한 말들이 듣기 민망하다고 쓰여 있다.

“…아, 네. 두 분, 오래오래 행복하세요.”

“네, 앞으로도 계속 행복하게 살겠습니다.”

그 타이밍에 로프웨이가 도착했다. 추후쿠역이다.

“이거, 생각보다 별로 안 흔들렸다.”

“새삼.”

뒤늦게 떠올린 듯 중얼거리며 내리는 미야노를 보고, 나는 웃고 말았다.

밖으로 나오자 몸속까지 파고드는 추위 때문에 화장실로 향하는 학생들도 제법 보였다. 우리는 야경을 다시 한번 바라보며, 조금만 더 이야기를 나눈 뒤에 돌아가기로 했다.

"있잖아. …아까 쿠레사와의 얘기를 듣고 나니까, 선배 마음을 알고 나서부터 가끔 선배가 귀엽게 보였던 이유를 좀 알 것 같아."

미야노가 툭 하고 속내를 털어놓는다.

"그러냐."

돌아가면 뭔가 진전이 있을까. 크리스마스도 있으니까, 머지않아 무언가가 생길 것 같다는 예감이 든다.

결과 보고를 해 달라고 하는 건 너무 오지랖인가 싶은 느낌이 들었다. 뭐, 미야노니까 보다 보면 저절로 알게 될 것 같지만 말이다.

행복해졌으면 좋겠다고 대놓고 말하면 오히려 부담을 줄 것 같아 굳이 입에 올리진 않지만, 그게 거짓 없는 내 진심이다.

그녀에게 보고하기 위한 게 아니라도, 나를 도와준 두 사람의 행복을 진심으로 바라 마지 않는다.

끊긴 대화의 틈을, 하얀 입김이 메우고 있었다.

이번에는 사람이 들어오지 않게, 시야 가득 펼쳐진 야경만을 핸드폰 화면에 담는다.

당연히 그녀에게 보내기 위해서다.

“선배들도 이 야경을 1년 전에 봤겠지?”

“지금 할 소리야?”

“지금이니까 하는 얘기지.”

얼굴을 찌푸린 미야노는 가늘고 길게 숨을 내쉰 뒤, 압도적인 불빛을 향해 셔터를 눌렀다. 아마 사진을 보내지는 않겠지만 말이다.

하지만 이렇게 사진으로 남기는 이유는 지금 이 순간에도 선배를 생각하고 있기 때문이라는 걸, 여친이 있는 나는 왠지 알 것 같았다.

모이와산 일정을 마친 뒤에, 호텔로 돌아와 바로 씻었다.

타시로까지 함께하는 6인실은 익숙한 멤버라 그런지 마냥 편했다.

적당한 자리에 이불을 깔고 늘어져서 “베개 던지기 안 해?”라며 들떠있는 타시로를 미야노가 말리는 가운데, 우리는 편하게 잡담을 이어갔다.

“근데 씻고 나니까 헤어스타일이 달라져서 넌 누구냐 싶은 애들 있지 않냐? 카라스바라, 넌 그대로지만.”

"야, 그건 욕이잖아!"

베개 싸움을 포기한 타시로가 던진 말에, 누워있던 카라스바라가 곧장 물고 늘어졌다.

머리를 안 자르는 건 아닐 텐데, 일 년 내내 몽실몽실한 그 머리는 씻고 나왔는데도 평소와 다름없는 볼륨을 자랑하고 있었다. 조금 색이 밝은 카라스바라의 머리를 타시로는 새집 같다고 품평했다.

"얘 머리는 형상기억이라니까…. 모처럼 내가 차분하게 세팅해 줬는데 말이야."

"시라하마가 애를 쓰긴 하더라. 드라이어를 들고 움직이는 게 완전 미용사 같았어."

카라스바라 정도는 아니지만 곱슬기가 있는 미야노가 거들었다. 탈의실에 세 개밖에 없는 드라이어 중 하나를 차지한 채 의욕을 불태우던 시라하마는, 막 씻고 나온 이마에 다시 땀이 맺힐 정도로 분투하고 있었다. 그 결과가 '아무것도 안 한 상태'와 거의 같으니 허무하기도 할 것이다.

"왁스를 안 써도 뻗지 않게 말리기만 하면 좀 차분해질 줄 알았는데… 와, 진짜 장난 아니더라…."

이불 위에 예쁘게 펼쳐진 카라스바라의 머리를 노려보며, 시라하마가 분한 듯 한숨을 내쉬었다.

그러다 자연스럽게 왁스랑 헤어스타일 이야기로 넘어가고, 오늘 각자 체험한 코스에 대한 감상이나 식사 이야기가 섞여들며 두서없는 수다가 펼쳐지는 도중에 한 사람—히와타리가 "연애 얘기 하자!"고 하는 바람에 흐름이 확 바뀌었다.

"나 쿠레사와가 선봉에 서겠습니다."

내가 안 나서면 누가 나서겠어?

"너는 맨 마지막이야."

이벤트를 좋아하는 카라스바라가 재빨리 끼어들었다.

"얘가 시작하면 한 시간은 훅 가. 내가 경험자야."

타시로가 소름 돋는다는 듯 오버스럽게 툴툴댔다. 손에는 마치 캔맥주 마냥 탄산음료 페트병을 들고 있다. 방금 양치하는 거 봤는데.

"마지막에 자장가처럼 들려주라."

시라하마는 친한 사이인 타시로를 두둔하듯 말했지만, 따지고 보면 타시로보다 말이 더 심하다.

농구부인 시라하마는 오늘 등산 코스였던 탓에, 연거푸 하품을 해대고 있었다.

"여친 자랑을 자장가처럼 들으면 꿈에 나올 수 있어."

진짜 부럽지 않냐며 투덜대는 히와타리에게는 연애 얘기에 낄 만한 소재가 없어 보였다…라고 하면 실례려나. 미야노는 그저 쓴웃음을 짓고 있다. 조금 전에 우리가 나눈 대화이기도 하니까.

"그럼, 나부터 할게."

선수를 끊은 건 시라하마였다.

"여친은… 음… 나보다 좀 작은 애가 좋겠어. 머리를 쓰다듬고 싶거든."

가벼워 보이는 이미지에서 벗어나지 않는 발언이다.

"'머리 쓰다듬고 싶다'는 표현에서 소름 돋았다."

응. 나도 히와타리 의견에 동의한다.

"근데 작은 애라니, 너 꽤 큰 편이잖아. 그래도 180은 안 되던가?"

"175야."

타시로의 의문에 시라하마가 작게 대꾸했다.

슬림한 체형이라 실제 키보다 더 커 보이는 모양이다.

"그럼, 네 기준에선 170센티미터여도 작은 편이야?"

"뭐, 그렇지. 여자애들은 다 귀엽잖아."

키 큰 여자도 거의 수비 범위라는 소리다.

"'다'라면 연상도 오케이?"

"완전 오케이. 엄청 오케이."

"얘 봐라…. 안 가리네."

카라스바라가 기가 막힌다는 듯 말한다.

"진짜 남고로 오는 게 아니었어. 공학에 갔어야 했는데."

확실히 이렇게까지 말할 거면, 왜 남고에 왔나 싶긴 하다.

"말은 그렇게 해도 저번에 남자끼리라 편하다고 했잖아."

타시로가 야유를 날렸다.

"언제?"

"체육 끝나고, 교실이 온통 남자 냄새라 자기 체취가 신경 안 쓰인다며 편하다고 해놓고."

"정신이 나갔었나 봅니다. 아니 근데, 내가 냄새난다는 것처럼 들리잖아. 하지 마. 나 귀가할 때 신경 쓴다고."

헤어스타일 하나만 봐도, 시라하마는 외모에 꽤 신경 쓰는 타입인 게 분명해서 그 변명에도 나름 설득력이 있다.

"남자한테서 좋은 냄새가 날 리 없잖아."

"노력 안 하는 놈의 편견입니다."

"나도 어느 정도는 한다고!"

카라스바라와의 티키타카는 교실에서도 익숙하게 듣는 것이지만, 이렇게 뒹굴며 떠들고 있자니 묘하게 들뜬 기운이 전해져 와서 신기했다.

근데 연애담이라기보다는 취향 이야기잖아, 라는 딴죽을 참으며 지켜보고 있는데, 옆에 있던 미야노가 툭 하고 중얼거렸다.

"냄새…."

생각해서 내뱉은 말이라기보다는, 불쑥 새어 나온 듯한 목소리다.

"왜?"

작게 묻자, 미야노는 깜짝 놀란 듯 눈을 깜빡였다.

"아, 아니. 사사키 선배한테서 가끔 빵 냄새가 났던 게 생각나서."

"아—…."

그냥 생각난 게 아니라 답이잖아.

그러고 보니 미야노한테 선배네 집이 빵집이라는 얘기를 했던가? 전에 한 번 아르바이트하는 모습을 봤다는 얘기는 했지만, 가게에서 나오는 선배를 우연히 마주쳤고 그곳이 본가였다는 얘기는 한 기억이 없다.

…뭐, 됐지.

"자, 다음은 나, 카라스바라 차례라고 봐도 되지? 괜찮지? 고마워."

"그래라, 셀프 진행자."

타시로는 '자작자연(自作自演)' 같은 말을 하고 싶었던 듯하다.

"마음대로 불러. …음, 일단 난 역사에 조예가 있는 여자가 좋아."

"역사를 좋아했었나?"

미야노의 질문에, 카라스바라는 크게 고개를 끄덕였다.

"그럼. 스토리가 있잖아. 결말이 남아 있고, 출신이라든가 설정 같은 것도 파고들수록 단편적인 조각들이 계속 나오고. 그런 퍼즐 조각들을 이어서 결말에 이르는 과정을 상상하는 게 좋아. 지금도 가끔 오래된 서간이 발견되는데, 그 편지 한 통으로 기존 정설이 뒤집히기도 하는 등 늘 새로워. 역사는."

"오— 뭔가 멋지다—."

꾸밈없는 타시로가 감탄하자, 카라스바라는 조금 쑥스러운 얼굴을 했다.

알 것 같다. 타시로의 칭찬은 직설적이라, 허세를 부린 부분에 감탄을 해오면 민망해질 때가 있다.

"…뭐, 그럴 듯하게 포장하면 그렇다는 거고, 사실 제일 큰 이유는 중학교 1학년 때 같은 반에 역사 좋아하던 여자애가 있었기 때문이야. 우연히 TV에서 알게 된 역사 이야기를 해줬더니 엄청 좋아해서 그 뒤로 얘기를 자주 나누게 됐는데, 되게 귀엽더라고…. 그러니까, 첫사랑이었던 거지…. 암튼 그 뒤로 이것저것 공부하게 됐다, 뭐 그런 얘기야."

카라스바라가 말을 끝내자마자, 방 안에서 동시에 한숨이 새어 나왔다.

"예고없이 풋풋한 첫사랑 얘기를 꺼내면 어떡하냐. 마음의 준비가 안 돼 있어서 갑자기 훅 들어왔잖아."

시라하마가 가슴을 부여잡고 말했다.

"그래서, 그 애랑은 어떻게 됐는데?"

타시로의 질문에, 카라스바라는 작게 고개를 저었다.

"졸업식 날 고백했다가 차였어. 오다 노부나가 같은 사람이 좋다고…. 그래서 난 그 시대만큼은 싫어."

어디선가 들어본 적 있는 이야기다. 결과는 다르지만.

그나저나 오다 노부나가 같은 사람이라는 구체적인 비유는 뭘까. 대체 어떤 타입이라는 거지? 연상?

"근데 너, 역사 성적은 좋잖아."

"싫어하는 시대가 나와도, 이미 내 뇌가 기억하고 있거든! 기억하는 걸 안 쓸 순 없잖아! 그 애가 좋아하던 시대라서, 짝사랑하던 때 왕창 배웠단 말야!"

얘기를 돌리려던 히와타리의 말이 오히려 상처를 더 깊게 찌른 모양이다. 이런 게 연애 토크의 난점이다.

"애잔한 지식이네."

시라하마도 말은 안 했지만, 첫사랑으로 인한 상처를 갖고 있는 걸까.

"점수는 중요하지."

타시로는 절실해 보여서 웃기다.

"당연하지."

결국 통쾌하게 웃어버린 카라스바라가 "다음은 히와타리, 너다." 하고 지명했다.

"난 같은 동아리의 여자 매니저가 좋아. 엄청 귀엽거든."

"우린 남고인데?!"

미야노가 즉각 딴죽을 걸었다.

"다른 학교라든가! 있거든요? 우연히 알게 된 라이벌 학교 매니저라든가."

열변을 토하는 히와타리를 보며, 다들 고개를 갸웃했다. 다른 학교 매니저를 알게 된다 해도 대화를 나눌 기회가 있나, 싶은 의문이 드는 게 당연하다.

"그건 그냥 대전 상대잖아."

나도 모르게 나도 그 부분을 짚었다.

"애초에 라이벌 학교라는 건, 꽤 강한 데가 아니면 성립 안 하지 않아? 우리 학교라면 축구나 농구, 그리고 검도… 아, 탁구도 강하지."

미야노도 말을 보탠다. '탁구'라는 단어에, 타시로가 불쑥 몸을 앞으로 기울였다.

"히와타리, 너 무슨 부였지?"

"너무하네. 축구부거든요?"

사실 나도 궁금했기에 대신 물어줘서 고마웠다.

"포지션은?"

"매니저."

아하.

"네가?! 그럼 확실히 다른 학교 매니저는 라이벌이라 불러도 되겠네…."

카라스바라가 크게 웃으며 고개를 끄덕였다.

"힘들겠다."

"뭐, 완전 바쁘긴 하지. 연습 보조는 기본이고, 데이터 정리해서 보고서 만들고, 여기저기 연락도 돌리고. 근데 나는 뒤에서 받쳐주는 역할이 좋아서 만족해."

나는 속으로 감탄했다. 잔손이 많이 가는 일일 것 같다.

"직접 뛰고 싶다는 생각은 안 들어?"

운동부와도 매니저와도 거리가 있는 미야노의 뭔가를 건드린 듯하다.

…뭐, 남고 운동부원과 남자 매니저 사이의 미묘한 관계성이겠지. 여친에게 배운 게 많은 나로서는 바로 미야노의 심리를 통찰해낼 수 있었다. 동아리 활동 내 연애의 BL버전 같은 느낌이라고 할까.

"중학교 때까진 뛰었는데 직접 하는 것보다 보는 게 더 좋아서. 근데 가끔 연습 경기가 잡히면, 우리가 가든 상대가 오든 준비나 조율을 맡는 쪽이 여자 매니저인 경우가 많더라고. 그럴 때마다 우와— 싶은 거야. 이 일이 고된 걸 아니까 진짜 대단하다, 열심히 한다는 생각이 들고."

"청춘이네…."

그러고 보니 얼마 전에 그녀가 권해서 산 신간도 남고의 동아리 얘기였다.

"뭐, 여자친구가 있었던 적은 없지만."

"그것도 뭐, 청춘이지—."

그렇게 결론이 내려진 듯했다.

"그럼 다음은… 타시로, 가자!"

카라스바라의 지명에, 타시로는 음— 하며 고개를 갸웃했다.

"좋아하는 타입이라—…."

드물게 진지해 보이는 표정에, 길게 늘어진 앞머리를 쓸어 올리는 동작이 더해져 묘하게 멋있어 보인다. 아주 찰나였지만.

"음… 으음… 첫사랑…?"

그렇게까지 골똘히 생각할 일인가?

"없어? 아니면 기억이 안 나는 거야?"

미야노도 덩달아 고개를 갸웃했다.

"첫사랑—? 음, 초등학교 때 선생님이었던 것 같긴 한데."

"역시 어렸을 때부터 연상을…."

시라하마가 재빨리 놀리려 든다. 타시로와 관련해서 아는 에피소드가 있는 걸까.

"역시는 무슨 역시야! …그러니까 취향은 그때 좋다고 생각했던 사람?"

"그건 이상형이 아니잖아."

카라스바라는 불만스러워 보였다. 본인은 꽤나 애절한 실연담까지 털어놨으니 그럴 수 있다.

"그치만 모르겠단 말야. 괜히 하나로 정해 놔서 좁히고 싶지도 않고."

오는 사람 안 막겠다는 소리인가.

그렇게 생각했지만, 설령 그렇다 해도 타시로라면 금세 서로 좋아하게 될 것 같기도 하다.

개인적으로는 타시로처럼 사교성을 온몸으로 표출하는 타입한테 그녀를 소개해주기 껄끄럽다. 취향이 맞는 미야노보다 더, 날 빼고 신나게 어울릴 것 같아서. 물론 친구를 의심하는 건 아니고 좋은 녀석인 건 맞지만, 그건 또 다른 문제다.

"뭐, 만남 자체가 없으니 이상형을 판단할 경험이 없긴 하지. 타시로는 중학교 때도 남자애들이랑만 놀아서 여자애랑 얘기하는 건 본 적도 없거든."

오래된 친구의 뜻밖의 폭로에, 나와 미야노는 저도 모르게 서로를 바라봤다.

타시로는 남녀 구분 없이 왁자지껄 모여 놀 것 같은 타입으로 보였는데.

“아니, 그래도 한 번쯤은 있겠지! 위원회라든가— 당번 활동이라든가—.”

“타시로는 초등학생 때부터 여친이 있었을 것 같이 생겼는데….”

의외라고 미야노가 중얼거렸는데, 나도 동감이다.

“사귄다는 게 뭔지도 잘 모른 채로, 그냥 친한 애랑 사귄 적이 있을 것 같잖아.”

툭 던진 말에, 몇 명이 “인정!” 하며 고개를 끄덕였다.

“인정, 인정. 그리고 또 그게 부럽지도 않아서 좋아. 손 한 번 안 잡아봤을 것 같은 게 더 좋아!”

“너무 꼬인 거 아냐?”

카라스바라의 힘찬 동의에, 미야노가 웃으면서 딴죽을 걸었다.

“으아—! 망상인데도 풋풋해! 그런 거라도 좋으니까 추억 하나쯤 갖고 싶다!”

히와타리가 머리를 감싸쥔다.

“…그런데 쿠레사와, 상상이 꽤 구체적이지 않아?”

“여친한테 단련됐거든.”

“틈만 나면 여친 얘기구나.”

미야노가 온화하게 웃었다.

완전히 긴장이 풀린 것처럼 보이는데, 미야노는 다음 차례가 자기라는 걸 알고 있을까.

"그럼, 다음은 미야노. 이대로 가면 진짜 쿠레사와가 길게 이야기한다."

카라스바라의 진행에, 미야노가 "어?" 하며 눈을 동그랗게 떴다.

이거 완전히 관망 모드였네.

눈을 좌우로 도로록 굴리던 미야노의 미간에 깊은 주름이 패였다.

"어, 좋아하는 타입은… 음… 다정한 사람…?"

상당히 오랜 시간이 걸렸지만, 더듬더듬 말을 잇는 미야노의 머릿속에는 아마 한 사람의 얼굴이 떠오르고 있을 것이다.

—선배인가.

뭐, 그럴 것 같았지만.

"그런 정석적인 답변은 오늘은 금지!"

시라하마가 소리치자, 옳소, 옳소 하며 부추기는 목소리가 이어졌다.

이 상황에서 사실상 마지막 타자는 미야노니까.

"다들 너무 심야 텐션인 거 아냐?! 구체적으로는… 음… 그러니까 차분한 사람…."

아, 이건 사사키 선배를 잘 모르는 사람은 모르겠는데.

그 사람은 내가 봐도 눈에 띄는 외모고, 조용히 있으면 위압감을 주는 타입이다. 하지만 미야노와 함께 있을 때는 어딘지 모르게 차분해 보인다. 미야노의 말에 가만히 귀를 기울이고, 부드럽게 고개를 끄덕이곤 하니까.

"속마음을 더 털어놔! 더 구체적으로!"

카라스바라가 몰아붙이자, 미야노의 동공이 다시 갈 곳을 잃는다.

하지만 적당히 하라고 말리는 사람은 아무도 없었다.

"어… 그럼, …취미가 맞는 사람…은 아니고. 음— 용기 있는 사람? 자기 생각을 그때그때 상대에게 분명히 말할 수 있는 사람…. 내가 못 하는 걸 할 수 있는 사람."

그래? 하며 시라하마가 고개를 갸웃한다.

"난 미야노도 자기 의견을 잘 말하는 편이라고 생각했는데."

확실히 미야노는 싫은 건 싫다고 말하고, 쉽게 휩쓸리지 않으며, 자기 의지가 분명한 타입이다.

"아니, 그러니까 친구한테는 말할 수 있는 것도 모르는 사람한테는 망설여진다고 할까."

"근데 낯을 가리는 편도 아니잖아. 히라노 선배였나? 좀 무섭게 생겨도 말만 잘 걸던데. 뭐랄까, 미야노는 길에서 누가 곤경에 처한 것 같으면 먼저 다가가 말을 거는 타입이니까."

카라스바라도 시라하마와 같은 생각인 듯했다.

"그야 보통은 말을 걸지…. 그런 게 아니라, 음… 싸우는 사람 사이에 끼어든다든가…."

그건 비유가 아니라 실제 사례잖아.

미야노는 알고 있을까? 안 그래도 눈치가 빠른 타시로가 그 사건의 전말을 알고 있다는 걸.

"아— 확실히 그건 좀 용기 필요하지. 여자끼리 싸우는 것도 무섭잖아."

히와타리가 고개를 끄덕이며, "커플도 무서워…." 하고 덧붙였다.

"맞아. 커플은 진짜 이해가 안 가…. 맨날 싸우면서도 사귀더라."

…싸움의 종류에 따라 다르겠지만, 카라스바라 말대로 상대를 나쁘게 말할 거면 차라리 헤어지라고 말해 주고 싶은 부류가 있긴 하다.

"아니, 보통 싸우기도 하고 그러는 거지."

"여자친구 없는 놈이 그렇게 말해 봐야 설득력 없어."

"뭐라고?"

아무래도 이 세 명한테는 남자끼리 싸우는 걸 말리는 남자라는 발상이 없는 모양이다. 좋아하는 타입에 대해 얘기하던 중이니까. 실제 체험에 기반한 말이라 해도 교내 사건일 거라고는—.

…잠깐. 그렇다면.

"어? 그거 사사키 선배…."

말을 뱉으려던 타시로의 입을 막았지만, 아차. 조금 늦었다.

속으로 식은땀을 흘리며 주변을 훑어보니, 미야노의 뺨만 살짝 붉어진 상태였다. 뭐, 연애담의 허용 범위랄 수 있지.

다른 애들은 타시로의 말을 신경 쓰지 않는 눈치였고, 들을 생각도 없어 보였다. 이 정도면 타시로가 정답을 짚었다고 생각하진 않겠지.

"왜?"

타시로가 불만스럽게 툴툴댔다.

"아무것도 아냐."

갑자기 돌아가면 더 눈에 띌 것 같아 목소리를 낮추자, 타시로도 그 분위기를 읽었는지 아니면 깨달았는지 같이 목소리를 낮

춘다.

“싸움 말린 거… 쿠레사와 도와준 게 사사키 선배 맞잖아?”

그건 그렇지.

“아니, 맞긴 한데. 봐, 미야노가 확실하게 말한 것도 아니잖아. 아니면 괜히 어색해질 거야.”

“아— 그건 그러네.”

억지로 둘러댄 내 말에, 타시로는 고개를 끄덕였다. 타시로에게는 남자끼리라서 안 좋게 생각할 수 있다는 발상 자체가 없는 듯해 감탄이 절로 나오지만, 이럴 때는 정말 간이 서늘해진다.

적어도 지금의 미야노에게 주변 사람들 반응은 견디기 힘들 것이다. 그게 응원이라 하더라도, 사귄다는 행위의 무게를 깊이 파고들어 곱씹고 있는 미야노에게는 분명 부담이 되겠지.

내 이불로 돌아오자, 한숨이 절로 나왔다.

—근데 사실은, 타시로처럼 단순하게 사실을 받아들이는 편이 좋긴 해.

미야노가 좋아하는 사람.

아무리 생각해도 타시로의 말이 맞는 것 같다.

다정하고, 차분하고, 취미가 맞는— 아니, 알려고 노력해 주는 사람. 그리고 용기 있고, 싸움을 말릴 수 있는 사람.

그런 사람은 미야노 주변에서 딱 한 명밖에 모른다.

이미 연인이 있는 내 입장에서는, 지금 그 마음을 일단 선배한테 전해 보라는 생각이 든다. 전하고 나서야 비로소 생겨나는 감정도 있고, 달라지는 관계도 있으니까.

미야노의 신중함은, 마치 좋아하는 사람과 잘 안 풀린 경험이 있는 것처럼 느껴진다. 그렇다 해도 그 상대가 사사키 선배는 아니지 않은가.

먼저 고백했던 나로서는 솔직히 이해하기 힘든 내적 갈등이다. 좋아한다고 말해 버리고 나면 의외로 잘 풀릴 것 같은데.

하지만 미야노는 그 사람한테 유독 휩쓸리기 쉬운 측면이 있어서, 지금처럼 천천히 생각하는 편이 어쩌면 맞는 걸지도 모르겠다.

설령 미야노가 안 되겠다는 결론을 내린다 해도, 그렇게 쉽게 포기할 사람으로는 보이지 않지만.

왜냐하면, 내 추측이기는 하지만, BL 만화를 빌려 보고 빌려주기 시작했을 무렵에 이미 사사키 선배는 미야노를 마음에 두고 있는 것 같았으니까. 그건 즉, 그런 의미밖에 안 되지 않나.

그러고 나서 미야노가 가장 이상해 보였던 게 언제일까. 사사키 선배와 이야기해 본 느낌으로는 축제 이전인 건 확실하다.

…여름방학 전, 기말고사 직전인가?

전화 통화하면서 얼굴이 새빨개진 적이 있는데, 그때 통화한 상대가 사사키 선배였던 건 아닐까.

그날 미야노는 마스크를 쓰고 있었는데도, 누구나 알아볼 만큼 얼굴이 붉어져 있었다. 붉은 정도가 아니라, 정말 귀까지 새빨갰다.

아마 그 무렵부터였던 것 같다. 미야노가 유난히 수줍어 하거나, 깊이 생각에 잠기는 모습을 보이게 된 것은.

설마 전화로 마음을 전했을 리는 없을 테니, 그보다 조금 전이라고 가정해 봐도 음… 마음을 전하기까지… 얼마나 걸린 거지?

만화를 빌리고 빌려주기 시작한 건 1학년 가을이었으니까, 짧게 잡아도 반년 하고도 조금?

그렇게 오랜 시간을 들여, 마음을 전하지도 않고 미야노의 반응을 지켜보며 조금씩 다가간 거라면. …의외로 선배는 집착이 강한 편일지도 모르겠다.

"그럼, 마지막은 나네."

드디어 내 차례가 돌아오자, 몇 명이 이불을 뒤집어썼다.

"이제 자면 되니까, 얼마든지 해!"

시라하마는 이불을 단단히 뒤집어쓰고 잠들 준비에 들어간 쪽이었다.

"들을 생각 없잖아."

타시로가 딴죽을 건다.

베개를 끌어안고 깨어 있는 타시로는, 의리 있게 들어 줄 생각인 듯했다.

미야노도 아직 잠이 오지는 않는지, 귀를 기울일 모양이다.

"아니, 북쪽 땅이 좀 추워서 그래. 괜찮아, 듣고 있어 듣고 있어."

근데 이 이불 진짜 기분 좋지 않냐며 능청스럽게 덧붙이는 시라하마는, 가볍게 굴어도 밉살스럽지 않은 게 타시로의 친구답다.

"그 애를 처음 만난 건 중3 때였고, 수학여행 때 같은 조였는데—."

미야노는 의외로 배짱이 두둑한 편이라, 선배의 집착이 좀 강해도 잘 맞춰 갈 수 있을 것 같다.

오히려 휘둘리는 쪽은 선배일지도 모른다는 생각도 들고.

내 머릿속에서는 이미, 미야노가 먼저 선배를 받아들이는 이미지가 굳어지고 있었다.

“……? 밖에 누가 있나?”

타시로가 고개를 갸웃한다.

왜, 뭔데? 하며 카라스바라가 신나게 몸을 일으키는 순간, 방문이 활짝 열렸다.

심장이 철렁 내려앉는다. 반사적으로 모두 동시에 이불 속으로 파고들었지만 알 수 있었다. 이미 늦었다는 걸.

“소등 시간은 진작에 지났어!”

들어온 건 학년 주임이었다. 순찰이다.

“선생님— 너무해요! 자고 있을 수도 있는데 문을 막 열면 어떡해요!”

“불도 안 끄고 그래 봐야 설득력이 없지.”

”그건 그러네.”

내 지적에, 주동자였던 카라스바라는 항의할 뜻을 접었다.

주의를 주러 온 선생님의 시선이 방 한쪽에 밀어 둔 테이블 근처를 빠르게 훑고 지나가는 게 보였다. 아하, 쓸데없는 물건을 들여오지 않았는지 확인을 겸해서였군.

“너희들, 문밖까지 말소리가 들렸어…. 그럼, 끈다.”

선생님이 전등 스위치로 손을 뻗자, 그 순간 타시로가 벌떡 일어났다.

"어, 저 화장실."

"나도."

타시로와 시라하마는 역시 사이가 좋다.

"같이 들어갈래?"

"미쳤냐."

서로 툭툭 치지는 않았지만 웃음이 터진 두 사람에게, "조용히 해."라는 두 번째 주의가 날아왔다.

이렇게 떠들썩하게, 선생님께 혼나 가며 수학여행의 밤이 깊어 갔다.

***

둘째 날 목적지는 오타루였다.

오르골 만들기 체험의 완성도는 내가 봐도 꽤 만족스러워서, 그녀에게 줄 선물은 이걸로 결정했다.

부품부터 조립하는 본격적인 오르골 만들기에 미야노는 상당히 고전하고 있었다.

아이스크림 만들기에 함께 가준 대신 이번엔 나한테 맞춰 준 것이었지만, 이렇게까지 세밀한 작업을 어려워할 줄은 몰랐다.

기계 부분뿐 아니라 장식에서도 애를 먹으며 완성한 오르골은 어머니께 선물로 드릴 거라 했다.

케이스에 담긴 오르골을 손에 들고, 후— 하고 크게 숨을 내쉬는 미야노를 보니 어제부터 계속 도전의 연속이구나 싶다.

"피곤해?"

"응. 조금…. 그래도 해 보길 잘했어. 곡도 고를 수 있었고, 이런 기회가 아니면 평생 만들 일이 없었을 것 같아."

"힘들어 보이긴 했어."

"쿠레사와는 손재주가 좋더라…."

미야노가 흐린 눈으로 중얼거렸다.

내 오르골의 선곡은 〈별에게 소원을〉이었다. 그걸 보는 순간, 다른 선택지는 떠오르지 않았다. 오르골은 이미 배낭에 넣어 두었지만, 머릿속에서는 아직도 부드러운 멜로디가 흐르고 있다.

그러고 보니 유키가 좋아하던 만화의 표지가 밤하늘이었지, 하는 생각이 자동으로 떠올랐다.

오리온자리가 정확히 그려져 있어서 별 이야기인가 싶어 읽어 봤는데, 오리온자리 모양의 점을 가진 남자의 이야기였다.

등의 점을 이으면 오리온자리가 된다는 이유로, 처음엔 연애 감정이 아니라 그 사람의 알몸이 신경 쓰인다는 이야기. 거기서 두 사람의 관계성이 확장돼 간다.

상상력이 대단하다고 느꼈다. 사람들은 그런 부분에도 흥미를 갖고 BL로 만들어 가는구나.

심오하다 싶어 감탄했고, 놀랍기도 했다. 무엇이든 BL로 연결해 여러 갈래로 발전시키는 그 에너지. 곁에서 여러 차례 들어봐도, 어느 순간부터 그 비약을 따라잡기 힘든 발상들.

하지만 나 역시 우주의 심연처럼 찰랑이는 머리카락에서, 밤하늘처럼 맑은 눈동자에서 별을 보았다.

그런 상념에 잠기며, 악전고투하던 미야노 사진을 찍어둘 걸 그랬다는 생각을 잠깐 했다. 같은 학교, 같은 목적지지만 사사키 선배는 미야노와 함께 수학여행을 올 수 없었으니까.

한편, 타시로는 다른 체험을 선택했다.

"유리 불고 올게!"

그렇게 말한 타시로는 평소 어울리던 무리와는 다른 멤버로 가득한 유리 공예 체험팀에 놀랍게도 금세 녹아들었다. 취향이 겹치지 않을 법한 사람들과도 무리 없이 대화를 하곤 했으니, 커뮤니케이션 능력의 차원이 다른 놈이다.

수제 유리 제품 중에도 괜찮은 게 많아서 진열된 유리 제품들 앞에서 끝까지 망설였지만, 그녀와 함께 왔을 때 같이 고르기로 하고 마음을 접었다. 오래 쓸 물건이니까, 내 취향으로 정하면 안 되겠지.

비교적 좁은 구역에 늘어선 가게들을 둘러보고, 점심을 먹고 간식을 사먹고 하는 사이에 해가 졌다. 이곳에는 야간 야외 프로그램이 없어서 아름답다는 오타루 운하를 볼 수 없을 줄 알았는데, 저녁 전에도 하늘은 충분히 어두웠다.

불이 켜진 운하를 배경으로 셀카를 한 장 찍었다.

밝을 때도 여러 장 찍었지만, 이번엔 일부러 옆자리를 크게 비워 두고 찍은 사진을 보냈다.

옆자리에 유키가 있는 모습을 상상하며.

그 한 마디 문장과 함께.

***

셋째 날은 이동과 관광 중심이었고, 넷째 날은 하코다테였다. 일단 여기가 종착점이다.

다음 날은 거의 이동뿐이고, 공항에서는 개별 행동을 할 수 없다고 했으니 기념품을 살 수 있는 건 사실상 이게 마지막이다. 중간에 짐이 늘어나는 걸 피하려고 선물용 과자 사는 걸 미뤄 두었는데, 산다면 여기서 사야 했다.

미야노는 부모님 선물을 고른 다음 선도부용으로 마루이 코이비토(홋카이도 대표 과자인 '시로이 고이비토'의 패러디)를 고르는 것까지는 순조로웠는데, 지금은 중얼중얼 혼잣말을 하며 과자 코너를 뚫어지게 바라보고 있었다. 집중한 듯 보이나, 마음은 다른 데 가 있는 상태다.

"…그런 걸 빼더라도 신세를 지고 있긴 하고… 그러고 보니 자주 마시던데, 코코아 좋아하나? 코코아맛 과자도 괜찮을 것 같고… 단것도 좋아하니까… 직영점 줄이 길던데, 오타루 쪽이 종류가 더 많았을지도…."

충분히 이해가 가는 후회다. 이동이 너무 잦고, 돌아갈 수는 없으니까.

"흠- 사사키 선배가 코코아를 좋아하는구나."

무심코 말을 걸자, 미야노가 움찔하며 고개를 들었다.

"어? 뭐가?"

상당히 집중하고 있었던 모양인지, 눈을 크게 뜨고 동요를 숨기지 못한다.

—아까 중얼거린 '그런 걸 빼더라도'라는 말은, 연애 감정을 빼더라도라는 의미겠지. 굳이 말하진 않겠지만.

"소리내서 말했어."

"민망하다."

미야노가 고개를 숙였다.

"코코아 좋아하는 건 처음 알았네."

"어, 아, 전에 마시는 거 본 적이 있거든."

미야노는 당연하다는 듯이 말하지만 누가 뭘 마시는지까지 보통은 신경 쓰지도 않고, 기억하지도 않는다.

"흠—. 되게 잘 보고 있네."

"…그런가?"

가볍게 고개를 갸웃하던 미야노의 표정이 바로 바뀌었다. 눈이 커지고 귀가 붉어졌다.

…잘 보고 있다는 자각이 없었던 건가.

"조금 더 놀려도 돼?"

"안 되는 거 뻔히 알면서 묻지 마, 쿠레사와."

쑥스러움을 감추기 위해서 강한 어조로 얘기한다. 이 녀석은 놀리면 진지하게 화를 내는 타입이라, 얼른 사과하는 게 상책이다.

"미안, 나도 모르게."

"그리고… 방금 그건 그런 의미가 아니잖아."

"난 방금 그거야말로 오히려 그런 의미라고 생각하는데."

좋아하는 것, 기뻐할 만한 것을 주고 싶어서 진지해진다는 게 무얼 의미하는지.

내 지적에 미야노는 미심쩍은 듯한 표정을 지을 뿐이었다.

아직도 고민 중인 미야노를 곁눈질으로 보며, 나는 나대로 기념품을 골라 나갔다.

유키네 가족과 우리 집, 그리고 동아리 선배에게 부탁받은 것들.

홋카이도 기념품은 대중적으로 알려진 게 맛있다 보니, 기대에 부응하려다 보면 비슷해지기 마련이라는 걸 다른 사람 장바구니를 보며 실감했다.

나눠줄 용도면 초콜릿이 무난할까. 의외로 가격도 괜찮고 종류도 많아서, 이것도 이것대로 고민스럽다. 담을 수 있는 부피에는 한계가 있고. 최후의 수단으로 택배를 쓰는 방법도 있긴 하지만.

"아— 제발요!"

익숙한 목소리에 고개를 돌리니, 조금 떨어진 곳에서 타시로가 선생님께 고개를 숙이고 있었다. 무슨 일이지?

"안 돼."

자세히 보니, 타시로는 목제 총 같은 물건을 사려는 모양이었다. 윤이 나는 목재의 질감이며, 만듦새며, 구매욕구를 자극하는 건 알겠다.

“집에 갈 때까지 절대 봉투에서 안 꺼낼게요! 약속해요!”

애도 아니고.

“…그럼 뭐… 당부하는데, 오늘 호텔에서 꺼내면 몰수다.”

“절대 안 꺼낼게요!”

중학교 수학여행 때도 목검을 갖고 싶어 하던 녀석이 있었다는 회상을 잠시 한 뒤, 나는 맹점 하나를 깨달았다. 나를 위한 기념품이다. 어제 묵은 펜션에서 별하늘이 담긴 엽서 세트를 사긴 했지만, 유키에게 편지를 보내거나 선물에 곁들이다 보면 금세 바닥날 테니 하나쯤 더 있어도 좋을 것 같다. 아직 시간은 넉넉하니까.

그나저나 홋카이도의 기념품 코너는 어딜 가든 테마파크 같았다. 봐도 봐도 질리지 않고, 재미있다. 그녀는 어떤 걸 갖고 싶어 할까.

아직도 고민 중인 미야노를 내버려두고 붐비기 시작한 계산대 줄에 서 있는데, 어디선가 들어본 목소리가 귀에 들어왔다.

"아. 이거 예전에 기념품으로 받았던 거다. 진짜 여기서 팔고 있었네…."

엿들을 생각은 없지만, 바로 옆에서 이야기하면 어쩔 수 없이 다 들린다.

"네가 핸드폰에 달고 있는 거잖아. 게다가 여기 한정이네. 진짜 여기서 파는 거구나. 좋아하는 사람한테 받은 거랬지?"

'한정'이라는 말이 신경 쓰여 진열대를 힐끗 보니, 두 사람은 묘하게 생긴 강아지 스트랩을 들고 있었다. 커다란 얼굴 밑에 덤처럼 작은 몸이 붙은… 개 맞겠지?

"응."

키가 큰 인물은 로프웨이에서 마주친 사람일 것이다. 아마도.

밝은 곳에서 본 그의 등은 밤에 받았던 인상보다 훨씬 근육질이었다. 어디를 보나 운동부에서 활약하고 있을 것 같은 타입이다. 등을 돌리고 있어서 얼굴은 보이지 않았지만, 체격에서 떠올린 이미지보다도 한결 부드럽게 울리는 목소리 때문에 내 기억에 남아있는 것 같다.

"그래서 그 히라노 선배라는 사람은 대체 어떤 사람인 거야. 멋있고, 귀엽고, 다정하다고? 그런 괴상한 걸 선물로 주는 연상은 상상이 안 가는데."

…또 히라노 선배다.

"음—."

선배라고 했고, 여기 한정 상품을 기념품으로 줬다면 여길 와 본 적이 있다는 얘기다. …수학여행인가? 그리고 멋있다면 남자? 머리가 팽팽 돌며 귀로 들어온 정보들이 모여 하나의 답이 도출됐다.

—에이, 설마 그럴 리가.

내가 아는 히라노 선배에 억지로 끼워 맞추려는 스스로를 반성했다.

"금발 미인이라며? 한번 보고 싶다."

…아니, 금발이라고? 뭐야. 우연치고는 겹치는 게 너무 많잖아.

그러는 사이에도 계산대 줄은 순조롭게 줄어들었고, 그 둘과 거리가 조금 벌어졌다.

"음— 아침에 본 적 있을걸?"

"아침? TV에서?! 연예인이냐?"

"그건 아니고."

만약 정말 히라노 선배라면 아침은 또 뭐지? 아침, 인사… 아침에 관련된 거면 선도부의 복장 검사? 아니, 이건 너무 끼워 맞추기다. 복장 검사를 그렇게 자주 하는 것도 아니고. 하지만 너무 잘 맞아떨어진다는 이유만으로 부정할 근거는 없다.

우리 학교 학생이라면, 아침에 그 눈에 띄는 모습을 본 적이 있을 것이다. 복장을 검사하는 사람이 금발이라니, 처음 봤을 때 어리둥절하지 않는 편이 더 이상하니까.

…나도 그녀랑 미야노한테 물들어서, 뇌가 BL에 찌든 걸까.

이런 생각을 하는 사이, 예상보다 빨리 내 차례가 왔다.

대량 구매 결제에 익숙해 보이는 점원이, 묵묵히 제조사별로 봉투에 나눠 담아 건네 주었다.

이걸로 내 기념품 구입은 끝이다.

미야노는 아직도 고민 중일까 싶어 별생각 없이 매장을 둘러보자, 아까 그 두 사람이 계산대 앞 진열대에 서있는 게 눈에 들어왔다.

"어, 피어싱 판다. 지금도 네가 준 걸 계속 하고 있어?"

"응."

결정타를 맞은 기분이었다.

히라노 선배… 피어싱 하고 있잖아….

이래도 되나? 이런 억측을 진지하게 받아들여도 괜찮을까?

하지만 이제 와서 이 가설을 머릿속에서 지우는 건 혼자 힘으로는 쉽지 않을 것 같기도 했다. 유키에게 말해 볼까 싶다가도, 조금은 냉각 기간을 두지 않으면 선입견이 굳어 버릴 것 같아서 겁이 난다.

아니, 그래도.

이렇게 생각의 늪에 빠진 채 계산대 근처에서 골똘히 생각하고 있는데, 어느새 계산을 마친 미야노가 다가와 말을 걸었다.

"웬일로 미간에 주름 잡혔네. 무슨 일 있어?"

…방금 대화가 안 들린 건가?

정말 아무것도 모른다는 얼굴이다. 묘하게 억울하기까지 하다.

"그게, 나 너한테 세뇌당한 것 같아."

미야노는 내가 무슨 생각을 하는지 전혀 감이 안 잡힌다는 표정으로, 그저 가볍게 눈썹을 모았다.

"한 적 없는데. 무슨 소리야."

***

"요약하면 대충 이런 느낌이야. BL로 변환하는 방식은 억지에 가까울지도 모르지만, 직접 체험해보긴 했어."

그녀가 진지하게 귀 기울여 들어줘서, 시간 가는 걸 잊고 그만 떠들고 말았다.

커피는 이미 다 식어 있고, 너무 오래 머물면 그녀를 피곤하게 만들 테니 슬슬 마무리해야 한다.

이게 바로 BL이구나, 하고 납득하기 위해 앞뒤를 억지로 맞춘 부분도 있었던 것 같다.

그녀의 기대에 부응했을지 여부는, 솔직히 자신이 없다.

"아니, 그건… 수수께끼 풀이에 가깝지 않을까. 사실이 맞을 거라고 생각해."

진지한 얼굴로 유키가 말했다.

"사실로 만들고 싶은 바람이 아니라?"

"윽…. 하지만, 타스쿠 얘기를 들으니 맞다는 생각밖에 안 드는걸…. 근데 내 바람도 들어가 있긴 해…."

그녀가 환하게 웃었다.

아무래도 나도 조금은, 그녀가 좋아하는 세계에 발을 들여놓는 데 성공한 듯하다.

소설
사사키와 미야노
SASAKI AND MIYANO
2학년

제3장 화이트데이 준비와 프러포즈.

기말고사 마지막 날은 타시로, 미야노와 셋이서 함께 귀가하게 됐다.

선배들의 졸업식이 끝났으니 우리 학년이 사실상 최고 학년이 된 셈인데, 별로 실감이 나지는 않는다. 아무래도 아직은 2학년이니까.

마치 계절이 거꾸로 돌아간 듯한 추위 속에서, 평소보다 조금 뻣뻣해진 어깨에 시험의 여운이 묻어 있었다.

"와—! 드디어 끝났다—! 자유다!"

타시로는 두 팔을 치켜들고 쭉 뻗었다. 너무 힘차게 뻗는 바람에 몸이 뒤로 휘청여서 "으악!" 하고 불안한 소리를 내기도 했지만, 가까스로 균형을 잡아 넘어지지는 않았다. 역시 대단한 운동신경이다.

"깜짝 놀랐네—."

일어나서 의자를 책상에 밀어 넣고, 이번엔 서서 몸을 쭉 편다. 심정은 이해가 가긴 하지만, 동아리가 쉬는 기간이라 체력이 남아도는 건지 평소보다 유난히 움직임이 컸다.

"그래 봤자 나흘이었잖아."

종례 때 받은 프린트를 파일에 넣으며 말을 걸자, 타시로는 고개를 절레절레 저었다.

"주말이 끼니까 사실상 일주일 시험 본 거나 마찬가지지."

중간에 휴일이 끼면 고마워해야 하는 거 아닌가.

"그건 쉬는 날에도 제대로 공부한 사람이 할 말 아니야…?"

어이없어하는 미야노의 지적이 타시로는 불만스러운 모양이었다.

그 사이 나는 그녀에게 문자를 보냈다. 시험 끝났어, 라고. 이런 사소한 보고도 계절감이 느껴져서 즐겁다고 그녀는 좋아한다.

"공부했어! 친구 집에 모여서."

재빨리 코트에 팔을 꿰는 미야노 뒤를 좇듯, 나와 타시로도 외투를 입었다.

"흠—. 공부 잘 돼? 난 그런 건 여친이랑밖에 안 해봐서."

"데이트인데 공부를 해?"

구겨진 후드를 펼치며 타시로가 신기해했다.

"보통 그래. 여친이 가르쳐 달라고 할 때도 있고. 데이트한답시고 해야 할 걸 미뤄 봐야 즐겁지 않잖아. 여친도 그런 부류야."

"틈만 나면 자랑이네…."

"자랑할 만한 여자친구니까."

남일처럼 말하지만, 미야노도 머지않아 자랑하고 싶은 일로 가득 차게 될 것이다.

…아니, 되돌아보면 미야노가 말하는 사사키 선배라는 사람은 애초에 미야노한테만 보여 주는 일면이란 걸 설마 이제는 자각하고 있겠지?

교실을 빠져나가는 반 친구들과 가볍게 인사를 나누며 복도로 나오자, 여기저기서 채점하는 소리와 놀 약속을 잡는 소리가 들렸다.

"우리도 채점해볼까?"

"엥— 난 싫어!"

"그럴 줄 알았어."

미야노와 타시로의 대화를 들으며, 그녀에게서 온 문자를 확인했다. '고생했어!'라는 문자에 고맙다고 짧게 답장을 보냈다. 나중에 전화해야지.

계단에 다다르자 타시로가 들뜨기 시작하는 게 보여, 나와 미야노는 본능적으로 조금 거리를 뒀다.

처음엔 한 계단씩 건너뛰며 내려가던 타시로는, 층계참에 이르자 가볍게 폴짝 뛰어내렸다.

"다섯 계단 점프—!"

"또 위험한 짓을…."

계단 다섯 개도 충분히 높은데 타시로는 여덟 개쯤은 아무렇지도 않게 뛰어버려서, 가끔은 초등학생처럼 보일 때가 있다.

"아, 그러고 보니 공부하다가 좀 궁금한 게 생겼는데. 연인한테 매일 아침 된장국을 끓여달라는 말이 무슨 뜻이야?"

…시험이랑 그게 무슨 상관이지?

나와 미야노는 무심코 서로 얼굴을 마주봤다.

"…시험 기간에 무슨 의문을 품은 건데?"

어이없는 기색을 숨기지 않는 미야노의 반응에, 나라도 타시로 편을 들어주자 싶어 말을 보탰다.

"맥락이 없는 게 타시로답잖아."

"넌 타시로 편을 들어주려는 거야, 까려는 거야?"

미야노가 피식, 하고 웃었다.

시험이 끝나 어깨에 얹혔던 짐이 내려간 건 타시로만이 아닌 것이다.

"아니, 그게 아니라니까. 친구 집에서 공부하다가 머리 좀 식힐 겸 옛날 게임을 했거든! 근데 거기 엔딩에서 그런 말이 나오더라고."

"머리 식히려고 한 게임을 엔딩까지 봤어?"

타시로의 말에 나도 모르게 딴죽이 나갔다.

"시험 기간에 게임이라니…."

미야노는 여전히 이해가 안 된다는 얼굴이다.

"너희는 안 해?"

"안 해. 만화는 좀 읽지만. 그래서, 그 게임에 된장국을 끓여달라는 대사가 나온 거야?"

"응. 엄청 뜬금없지?"

"아니, 그건 명백한 복선이지. 연애물 에피소드에 나오는 결정적 대사잖아."

설명이 줄줄 나오는 걸 보니, 미야노의 전문 분야인 듯하다. 설명은 미야노에게 맡기고, 나는 조용히 방관하기로 했다.

"연애…?"

앵무새처럼 말을 따라하는 걸 보면, 타시로는 정말 연애 관련 이야기에는 약한 모양이다. 남녀공학에 갔으면 상당히 폭넓게 인기를 누렸을 텐데, 남고에 온 게 문제였을까.

"관용구 같은 거야. 집에서 매일 된장국 끓여주는 사람은 보통 가족이잖아. 그러니까 결혼해달라는 얘기를 돌려서 한 거나 마찬가지인 거지."

"프러포즈라는 거야?"

타시로는 아직 감이 안 온 얼굴이다.

"응."

"더더욱 모르겠는데. 우리 집은 애초에 매일 된장국을 끓여 먹지도 않고, 먹고 싶어지면 적당히 인스턴트 된장국에 물을 부어 먹거든. 가끔 부모님이 본인들 것까지 만들어 달라고 하면 그때 해주긴 해도."

이건 또 의외의 일면이다. 타시로, 집에서는 꽤 성실한 타입… 아니, 가정적인 걸까?

"흠—. 근데 2인분이면 오히려 돈이 더 들지 않아?"

미야노의 현실적인 시점도 웃기다.

"맞아. 그런 날이 이틀 연속되면, 한 번에 끓였으면 더 싸게 먹히잖아! 싶거든. 엄마도 맨날 말로는 '귀찮음은 낭비의 근원'이라 해놓고, 알면서 그러냐! 그렇게 투덜대면서 내가 가끔 된장국을 끓여."

집안 분위기는 집안마다 다르다.

즉, 타시로에게 된장국은 자기가 만드는 것이라는 얘기인가.

"뭐, 매일 된장국 끓여 줄 테니까 결혼해 달라는 것도 나쁘지 않지 않나."

…그 프러포즈, 괜찮은데?

뻔하긴 해도, 매일 함께 식탁에 앉아 있는 풍경이 좋다.

하지만 미야노의 말에 타시로는 고개를 갸웃했다.

"매일 된장국 먹으면 안 질려?"

그 한마디에 문득 정신이 들었다.

매일 된장국을 먹으면 질릴까…? 가능성이 없지 않다. 그렇다면 프러포즈 대사로 쓰는 건 재고할 필요가 있다. 방향성 자체는 나쁘지 않은 것 같지만.

"질릴까…? 좋아하는 사람이 만들어 주는 거면 기쁘지 않을까."

흐음.

이것도 일종의 자랑질일까.

"미야노는 상대가 요리해줬으면 좋겠어?"

"…요리해 주고 싶긴 해. …실력은 차치하고."

조리 실습 때 위태로웠던 게 떠올랐다.

불 조절 하나만 봐도 서툴고 아니고의 문제가 아니라, 그냥 위험했다. 제발 매번 안전한지 확인부터 하고 불을 켜 달라고 말하고 싶을 정도로. 칼질은 더 말할 것도 없었다. 그건 솔직히 보고 있기 힘들었다.

"뭐, 나도 잘한다고 말할 수준은 아니니까."

타시로는 겸손하게 말했지만, 손재주가 있는 데다 실기에 강한 타입이라 레시피만 있으면 충분히 잘하는 편에 속할 것이다. 아마도. 대체로 평균 이상은 하는 부류다. 레시피를 제대로 읽을 수 있느냐는 또 다른 문제지만.

현관에서 신발을 갈아 신으며 타시로는 배고프다고 툴툴댔다.

틀림없이 음식 이야기를 한 탓일 것이다.

“그러고 보니 미야노, 화이트데이는 어떻게 할 거야?”

“응? 어떻게라니, 뭘?”

아무렇지 않게 던진 타시로의 질문에, 미야노의 동공은 갈 곳을 잃었다.

이런 걸 정면으로 물어보는 게 바로 타시로다운 점이다 싶어 감탄했다.

“3학년은 졸업했으니까 학교에 안 나오잖아. 집으로 갈 거야?”

재밌겠다―, 하고 웃는 타시로가 제일 즐거워 보인다.

“…왜 그런 걸 묻는데?”

경계하며 몸을 굳히는 미야노를 본 타시로는 “엥?” 하며 의아한 표정을 지었다.

“미야노, 넌 찐 초콜릿을 받았잖아.”

“쿠레사와도 그렇잖아.”

미야노가 화제를 내게로 돌렸다.

"나? 응."

"쿠레사와는 굳이 안 물어봐도 알 만하고, 그냥 상상이 되잖아."

"듣고 싶어? 여기서 역까지 가는 동안 안 끝날 테니까, 패밀리 레스토랑 가서 얘기해도 되는데."

참고로 삼고 싶다면야 얼마든지.

하지만 아무래도 이 시간이면 집에서 점심을 준비해놨을 가능성이 있으니 안 되려나.

"무제한으로 떠들 생각인가 보네…. 뭐, 가끔은 어디 들어가서 수다 떠는 것도 좋긴 해—."

동아리가 다시 시작되면 방과 후에 일정 맞추기가 어려워진다. 심지어 타시로는 부장이고, 난 그녀를 만나러 가야 하니까.

"그건 조만간 시간 내서 하자. 그래서, 미야노. 화이트데이는 어떻게 할 거냐?"

"너까지 묻는 거야…?"

화제가 바뀌었다고 방심했던 모양인지, 미야노는 미간을 찌푸렸다.

"아니, 상담 상대로는 선배를 아는 우리가 제일 낫다고 생각하는데."

윽, 하는 반응을 보인 미야노는 우물거리며 말했다.

"…그럴지도 모르지만…."

"부끄럽구나?"

"쿠레사와, 너 지금 재밌지?"

"뭐 어때. 솔직히 재밌긴 해."

달래는 듯하면서도 그렇지만은 않은 타시로의 한마디에, 미야노의 어깨가 축 늘어진다.

"…물론 답례는 할 거야. 아니, 하고 싶긴 한데…."

점점 목소리가 사그라지는 게, 왠지 주변의 시선을 신경 쓰고 있는 것처럼 느껴졌다.

근데 흐음, 그렇구나.

미야노는 화이트데이에 답례가 하고 싶구나.

***

기말고사가 끝난 직후. 화이트데이 답례에 대한 고민이 막바지에 접어들 즈음, 자료를 찾기 위해 미야노와 함께 도서관으로 이동하던 길에 한 장의 포스터를 보게 됐다.

층계참의 게시판 앞에서, 나도 모르게 걸음을 멈췄다.

'화이트데이 답례를 직접 만들어 보지 않겠습니까?'

큼지막한 제목 아래 개요와 신청 방법이 적혀 있었다. 가정 선생님이 주관하는, 교내 자원봉사 활동인 듯했다. 이런 게 있었나. 언제부터 붙어 있었는지는 솔직히 기억나지 않는다.

"…화이트데이라."

내가 중얼거리자, 그냥 지나치려던 미야노가 고개를 갸웃했다.

"응?"

"이거 괜찮아 보인다. 미야노도 신청해 보면 어때?"

만드는 건 쿠키 하나뿐이다.

초보자 대환영이라고 적힌 쿠킹 클래스니까 미야노에게 딱이지 않을까.

"…이런 게 있었구나. 뭐지, 요리부 홍보…?"

"아닌 것 같아. 선생님 이름만 적혀 있잖아. 동아리 활동이면 신청은 부장을 통해서 하라고 쓰여 있었을 거야."

"하긴. 이런 건 아마 동아리 활동비로 감당하기도 힘들겠지."

"그래서 신청할래, 말래? 미야노."

"…지금 당장 정해야 하는 거야?"

"나도 여친한테 답례를 해야 하니까. 같이 가 주면 감사하겠습니다."

이렇게 말하면, 미야노도 참여하기 한결 수월해질 것이다. 이미 사귀는 두 사람한테 굳이 도움이 필요할 것 같지는 않지만, 서툰 분야에 발을 들이려면 계기가 필요한 법이다.

"응, 그래…. 아니, 나도 선배한테 제대로 된 답례를 하고 싶으니까. 같이 가 주는 게 아니라, 나도 갈게."

"…그래?"

조금 놀랐다.

미야노가 이런 얘기를 분명하게 말할 수 있게 됐구나.

"아. 쿠레사와, 잠깐 먼저 가 줄래?"

알겠다고 답하고, 나는 미야노와 잠시 갈라졌다. 무슨 볼일이 있는 걸까. 뭐, 동아리 활동이 없는 방과 후라 시간은 충분했다.

멈춰 섰던 발걸음을 다시 옮겨 계단을 내려가다, 잠시 후 문득 필통을 두고 왔다는 걸 깨달았다. 이동 수업 때 체육복 가방에 넣어 들고 다니고는 꺼낸 기억이 없다. 지금이라면 미야노의 볼일이 끝나기 전에 재빨리 다녀올 수 있겠지.

그렇게 생각하며 계단을 되돌아간 직후.

바로 옆 복도에서 미야노의 목소리가 들려왔다. 계단 옆에 서서 통화를 하는 모양이다.

"네, 저… 화이트데이요. 같이 만들기로 한 거 취소하고 싶어서요….”

…상대는 사사키 선배겠지.

볼일이란 게 통화였구나. 아니, 그보다 같이 만들기로 했었구나.

엿듣는 건 안 좋다고 생각했지만, 여기서 돌아서면 오히려 더 신경 쓰일 게 분명하다.

이건 일종의 사고 같은 거니까, 물론 그녀에게는 말하지 않을 생각이다.

“네…! 아, 그, 답례는 하고 싶은데요… 저, 숨길 자신이 없으니 솔직히 말씀드리자면, 학교에서 화이트데이를 앞두고 쿠킹 클래스 같은 걸 하거든요. 거기서 만들까 해요. 뭘 만들지는 비밀로 했으면 하고요. 근데 저, 화이트데이에 꼭 전해주고 싶으니까 그날 방과 후에 만나고 싶어요.”

미야노의 목소리에는 긴장이 서려 있다.

사귀는 사람에게 들려주는 목소리다.

듣지 말았어야 했나, 싶어 조금 후회했다.

『…응, 알겠어. 기대하고 있을게. 나도 뭔가 만들어야겠다.』

이미 미안한 마음인데, 복도가 너무 조용한 탓에 선배의 목소리까지 귀에 들어왔다.

"아, 그럼… 음… 겹치지 않게, 밀가루랑 버터랑 설탕이랑 달걀로 만드는 과자가 아닌 걸로요…!"

그건 사실상 쿠키를 만든다고 말하는 거나 다름없잖아.

『아하하. 알겠어.』

사사키 선배도 당연히 알아차렸을 테지만, 굳이 지적하고 싶진 않은 모양이었다.

그 뒤의 대화까지 들으면 정말로 안 될 것 같아서, 발소리가 나지 않게 조심하며 살며시 계단을 내려왔다. 필통은… 뭐, 됐나.

그녀에게 직접 만든 선물을 주려는 건 비밀로 해 두자고 마음먹었다.

소소한 서프라이즈지만 그녀는 기뻐해 줄 것이다. 숨기더라도 상대를 불안하게 만들지 않을 자신이 있다. 미야노는 그게 어렵다고 느꼈기 때문에 솔직하게 말했겠지. 나중에 직접 만든 쿠키를 건넬 준비를 하면서 함께 과자를 만든다고 해서 마음이 켕길 필요는 없는데. 하지만 미리 말했어도 기뻐하는 게 느껴졌고, 사귀기 전부터 그랬던 것처럼 여전히 좋은 관계를 유지하는 것 같아 안심이 됐다.

유키 역시 미리 말해주면, 간질간질한 얼굴로 웃으면서 기대된다고 말해주려나.

…응, 유키라면 그럴 것 같아.

유키의 그런 반응이 굉장히 보고 싶어진다. 미야노가 그런 것처럼 나도 그녀에게 솔직히 말하는 것도 괜찮을 것 같다는 생각이 들었다. 하지만 곧 아니다 싶어 마음을 돌렸다.

이번엔 서프라이즈를 하고 싶으니까, 처음 마음먹은 대로 가는 게 맞다.

…하지만, 내년에는 미리 털어놓는 것도 좋을지 모른다.

그녀의 다양한 반응이 보고 싶으니까.

***

화이트데이 당일.

'답례품을 만들어 보자'는 이름이 붙은 행사였지만, 선생님은 누구에게 줄 건지도 묻지 않고 마치 평범한 쿠킹 클래스인 것처럼 담담하게 수업을 진행했다.

남고에서 화이트데이라 선물을 준비하는데도 놀림을 받지 않는 건 다행이었다.

처음엔 어색하던 분위기도, 괜한 놀림을 받지 않고 진행된 덕분에 금세 화기애애해졌다.

참가자는 모두 열 명 남짓.

1, 2학년이 뒤섞여 있고, 만드는 것도 조별이 아닌 개인별이다. 자리도 자유롭게 선택할 수 있어서 나, 미야노, 타시로는 같은 작업대에 자리를 잡았다.

가정 선생님은 요리에 흥미를 가진 학생들이 모였다는 사실이 그저 기쁜 눈치라, 어쩌면 화이트데이는 명분에 불과한 게 아닐까 싶을 정도였다. 이야기를 듣다 보니, 밸런타인데이 때는 참가자가 단 한 명도 없어서 수업이 무산됐었다는 사정도 알게 됐다.

선생님은 농담처럼 "그땐 눈물 나더라."라고 말씀하셨지만, 느낌상 농담이 아니라 진짜인 것 같았다.

메인 지도는 선생님이 맡고, 보조 학생이 한 명 있었다.

2학년 니이바시. A반 소속으로, 단정한 외모 덕분에 은근히 알려진 존재다.

기본은 제시된 레시피를 따라 각자 재료를 준비하되, 희망자에 한해 자신이 만들고 싶은 레시피를 사용해도 된다.

후자의 경우에도 선생님이 조언을 해주기로 되어 있어서, 예상대로 기본 설명과 시연이 끝난 뒤에는 그쪽에 사람이 몰렸다.

미야노는 "뭐든 심플하게…!" 라며 기합을 넣고, 선생님 레시피를 선택했다.

실제로 그 레시피가 재료 계량도 쉽고, 초보자에게 맞긴 했다. 미야노는 시연을 따라 같은 타이밍으로 작업을 진행했고, 쿠키 틀로 찍어내는 과정은 다시 할 수 있으니 딱히 실수랄 게 없어 보였다.

—그런 줄 알았는데.

"…뭔가 이상해."

구워져 나온 미야노의 쿠키는, 살짝 탄 듯한 색을 띠었다.

그에 비해 상당히 부드러운지, 오븐 팬에서 종이 호일을 들어 올리자 흐느적거리며 휘었다.

나도 제과 쪽은 잘 몰라서 정확한 원인은 잘 모르겠다.

"뭐지… 예열 설정을 잘못한 걸까?"

"그럴 리 없는데… 가루가 덜 섞여서 덩어리가 남았나."

모르겠다며 미야노의 어깨가 축 처졌다.

"야— 하나만 줘 봐."

대답을 기다리지도 않고, 아직 열기도 다 가시지 않은 쿠키를 타시로가 하나 집어 맛을 봤다.

"괜찮은데?"

왠지 불안해지는 반응이다.

“바삭바삭한 식감의 쿠키인 줄 알았는데, 생각했던 이미지랑 달라….”

완전히 풀이 죽은 미야노에게 뭐라고 말을 건네야 할지 모르겠다.

나와 타시로의 쿠키는 예상대로 잘 구워졌기 때문에, 더더욱 적당한 말을 찾기 어렵다.

그때, 불쑥 목소리가 들려왔다.

“맛을 봐도 될까?”

작업대를 둘러보고 있던 니이바시였다.

고개를 들고 몇 초간 멍하니 있던 미야노는, 한 박자 늦게 고개를 끄덕였다.

“아, 응. 그래.”

외모에 홀린 표정과는 조금 다른 미야노의 얼굴은, 거리에서 아는 사람인지 아닌지를 가려낼 때의 표정과 닮아 있었다. 나중에 물어봐야겠다.

“버터가 많았나. 계량했어?”

구체적인 지적을 받자 윽, 하는 반응을 보인 미야노가 간신히 대답했다.

“…200그램짜리 버터를 샀으니까, 대충 반으로 나눴어. …반죽

을 뭉칠 때 계속 밀가루가 안 사라져서, 거기에 버터를 조금 더 넣었고…."

말끝을 흐린다. 역시 제대로 계량도 안 했고, 중간에 분량도 바꿨구나.

"어허."

나도 모르게 작은 소리로 딴죽을 걸었다.

"뭐, 지방이니까 식으면 굳어서 식감도 괜찮아질 거야."

니이바시의 친절한 조언에, 미야노의 표정이 한결 풀렸다.

"고마워…."

"다행이다!"

타시로도 자기 일처럼 기뻐했다.

각자 포장과 래핑을 마치고 정리를 끝낸 뒤 교실을 나서자, 누구랄 것도 없이 길게 한숨이 흘러나왔다. 해냈다는 성취감과, 익숙하지 않은 일을 하느라 생긴 긴장감에서 해방되었기 때문이다.

조리 실습과 달리, 완성한 것을 기본적으로 전부 가져갈 수 있다는 점이 이번 교실의 특징이었다.

케이스에 담은 쿠키가 부서지지 않는다며 추천받은 종이봉투를 흔들리지 않게 조심히 들었다.

현관에 도착했을 때, 나는 미야노에게 물었다.

"근데 아까 니이바시 얼굴을 한참 보던데, 왜 그랬어?"

신경 쓰일 정도는 아니었지만, 왠지 머릿속에서 떠나지 않는다.

"어? 아니, 예쁘게 생겨서…."

"야."

"아니, 그게 아니라, 어디서 본 적이 있는 것 같아서!"

미야노가 다급하게 말을 바꿨다.

"아, 그랬구나."

"뭐, 같은 학년이니까."

타시로의 말에 왠지 모르게 안도한다.

"그런데 타시로. 그거 네가 먹으려고 만든 거야, 가족 주려고 만든 거야?"

여전히 좋아하는 사람이 없는 듯한 타시로에게 묻자, 그는 가볍게 고개를 저었다.

"목욕탕에서 신세진 분들한테 드리려고. 할아버지, 할머니가 늘 과자 같은 걸 챙겨 주시거든. 밸런타인데이의 답례 같은 건 아니지만."

"아하—."

손자 노릇인가.

그렇게 얘기를 나누며 신발을 갈아 신는데, 미야노가 "저기," 하고 말을 꺼냈다.

"내가 좀 서둘러야 해서."

아, 선배 집에서 만나기로 했나 보다.

본의 아니게 엿들었던 전화 내용을 떠올리며, 나는 타시로와 중간까지 함께 돌아갔다.

프러포즈란 뭘까.

화이트데이 선물을 주러 급히 떠나는 친구를 배웅하고, 길을 오가는 사람들의 뒷모습을 바라보며 근래 몇 주 동안 몇 번이나 곱씹어 온 화두를 다시 생각했다.

타시로가 던진 의문은 이미 내 의문이 되었다.

그녀와 앞으로도 계속 함께하고 싶다고 생각하고, 그 마음을 말로도 전하고는 있지만 그게 프러포즈냐고 물으면 조금 다르다.

예를 들어, 된장국이나 쿠키로 애정 표현은 충분히 가능하지만 그것만이 애정의 전달 방식인 건 아니다. 다만 둘이서 하루하루를 차곡차곡 쌓아가자는 의지는 일상에 뿌리내린 것이니, 음식의 힘을 빌리는 건 본질을 꿰뚫고 있는 것 같기도 하다.

그래도 역시 그게 전부는 아니다.

마음 먹은 부분, 꿈꾸는 생활, 아직 형태를 갖추지 못한 그런 바람까지 전부 포함한 게 프로포즈가 아닐까. 지금은 아직 끝까지 그려낼 수 없는 삶의 모습을 손에 넣고 싶다고, 말로 옮기는 것이 참 어렵다.

멋지게 프러포즈를 하려 들면 피상적으로 끝나버릴 것 같다. 괜히 과하게 의식하면, 대답에 따라서는 그녀가 더 멋있을 것도 같고.

왜냐하면 좋아하는 사람에게서 듣는 프러포즈보다 더 멋있는 프러포즈는 없을 테니까.

종이봉투에 담긴 쿠키는 가볍지만 확실한 무게가 있다.

익숙하게 전철을 타고, 늘 지나던 역 개찰구를 나서는 순간이 왠지 평소와 다르게 느껴졌다. 그녀의 집으로 향하는 길조차도 오늘은 유난히 눈부시다.

…이게 계속됐으면 좋겠다.

기대와 각오와 애정, 그리고 지금 당장 안아 주고 싶은 마음. 이런 식으로 매일 같은 집으로 돌아갈 수 있다면 삶이 얼마나 충만할까.

—억지로 꾸며낼 필요는 없는지도 모르겠다.

며칠 전, 솔직하게 화이트데이 계획을 다 털어놓던 미야노의 모습이 떠올랐다.

곧장 전화를 걸어버린 그 솔직함이, 선배는 기꺼웠을 것이다.

굳이 폼을 잡지 않아도, 말을 애써 다듬지 않아도, 좋아한다는 마음을 전하는 게 제일이니까.

쿠키를 건네며, 내가 할 수 있는 말은 하나뿐이었다.

“프러포즈, 예약해도 될까?”

“어, 고마워, 어, 어어?”

조금 당황하면서도 그녀는 기쁜 듯 웃었다.

“대학부터 붙어야겠지만, 합격하면 그때 다시 장래를 내다보고 계획을 세울게. 그때까지는 아무한테도 프러포즈 받지 말아줘.”

그녀가 소리를 내어 웃는다.

“아하하. 응… 와…! 응, 타스쿠, 그럴게! 잘 부탁해!”

정말, 그녀는 잘 웃는다. 사귀고 나서 웃는 일이 늘었다는 걸 실감한다.

아직은 먼 이야기지만, 언젠가 함께 꾸려갈 집은 아주 떠들썩할 것 같다.

제4장
화이트데이의 사사키와 미야노.

핸드폰으로 시간을 확인하니 오전이 끝나가고 있었다.

막 일으키려던 몸을 다시 힘없이 침대에 눕혔다.

오늘은 유난히 시간만 확인하는 것 같다. 이루 말할 수 없이 무료하다.

먀짱에게 화이트데이 일정을 바꾸고 싶다는 전화가 왔을 때, 처음엔 당황했지만 직접 과자를 만들 생각이라는 걸 알자마자 기대감으로 바뀌었다.

보통 그런 건 서프라이즈로 하지 않나. 사귀는 사이면 더더욱. 그런데도 너무나 솔직한 먀짱은 직접 만들기로 결정하게 된 과정까지 전부 숨김없이 털어놓았다.

겉과 속이 다르지 않은 그 태도에 난 사귀기 전부터—아니, 분명 마음을 터놓기 전부터 이미 끌리고 있었다.

뭘 숨기지 못하는 점, 대답을 보류하던 기간에 털어놓았던 망설임과 고민들, 그 모든 게 나에게는 따뜻하게 느껴졌다.

눈을 뗄 수 없어서 괴로웠던 순간도 솔직히 조금은 있었고, 내가 스스로도 제어하지 못할 감정을 그에게 쏟아내듯 대하고 난 뒤에는 눈을 마주치는 것조차 무서웠다.

내 충동을 못 이겨, 즐거웠던 시간을 더럽히는 것 같아서.

그저 팔을 만지는 것도, 내가 어떤 마음으로 손을 뻗었는지 스스로 잘 알고 있었다. …알고 있었지만 멈출 수 없었다. 예전에도 그랬다. 역에서 중학교 동창을 만났을 때도, 축제 때 여장을 한다는 걸 알았을 때도. 한심한 독점욕이 흘러넘쳐 그를 당황하게 만들었다.

감정에 휘둘린 행동이 얼마나 사람을 상처 입히는지, 누나와의 일로 충분히 안다고 생각했는데 난 아직 성장하지 못했다.

자기 자신의 미숙함을 똑바로 마주하는 건 괴롭다. 그럴 때마다 기분이 가라앉아서 신경 쓰게 만들면서도 말로는 잘 표현하지 못했지만, 그래도 먀짱을 소중히 하고 싶다는 마음만은 날이 갈수록 커져갔다.

소중히 지켜 온 것을 스스로 망쳐버릴 것만 같은 순간은 언제나 두렵다. 망쳐버렸다고 생각했는데 좋아한다는 말을 들었던 그 순간, 눈물을 쏟았던 걸 떠올리면 지금도 그날의 감각이 되살아난다.

결심하고 답을 들려주던 날의 뜨거웠던 가슴과 긴장이, 아직도 몸에 또렷이 남아 있기 때문이다.

자칫하면 숨이 가빠질 것 같았던 것, 손끝의 감각이 둔해져서 내 것이 아닌 것처럼 느껴졌던 것, 입가를 계속 누르고 있었기에 손이 따뜻했어야 맞는데 먀짱의 손가락과 닿기 전까지 줄곧 얼음장이었던 것.

순간순간이 영원처럼 길었고, 그럼에도 먀짱은 똑바로 나를 바라보고 있었고, 가슴 가득 기쁨과 다정한 감정이 퍼져나갔다.

서로의 마음을 확인한 것도, 차가운 손으로 마주잡았던 것도 우리 집 근처의 공원에서였다.

솔직히 말하면, 그 장소 옆을 지날 때마다 처음 키스했던 순간을 떠올린다. 몇 번이고.

—먀짱이 이제 슬슬 올 시간이지.

어쩌지. 마중을 나갈까, 말까. 조금 망설인다.

방과 후에 선배 집에 갈 테니까 기다려 달라고 먀짱이 몇 번이나 신신당부했지만, 솔직히 애가 타서 기다리기 힘들었다.

집에 와 주기를 기다리고 싶다. 먀짱이 초인종을 누르는 것을 맞이하고 싶은 마음도 있다. 하지만 이 시간을 주체 못하는 괴로움을 더 이상 감당하지 못할 것 같다.

먀짱을 위한 과자는 이미 다 만들어 두었으니 이대로 누워만 있어도 되는데.

정말 어쩔까.

먀짱이 만들어 주겠다고 한 건 밀가루랑 버터, 설탕, 달걀을 쓰는 메뉴. 그럼 쿠키겠지, 아마.

학교에서 쿠킹 클래스가 열린 점은 조금 놀라웠다. 내가 재학 중일 때는 그런 얘기를 들어본 적이 없었는데.

아니, 있었더라도 내가 알아채지 못했을 것이다. 대부분의 것에 무관심했으니까. 아니면 새로 오신 선생님이 기획한 걸까.

졸업한 지 아직 얼마 되지도 않았는데, 학교가 내가 알던 모습과 달라져 가는 것 같다.

내가 알고 있던 것들이 조금씩 모르는 것들로 바뀌어 간다.

이걸 서글프다고 표현해야 할까. 중학교를 졸업했을 때는 느껴보지 못했던 감정이다.

—고등학교 생활은 즐거웠지.

뭐, 먀짱이 있었으니까.

…그게 다는 아니라는 것도 알고 있지만 말이다.

방 정리라도 할까.

그렇게 어질러져 있는 건 아니지만, 달리 할 일도 없으니까.

일단 침대 근처부터. 손 닿는 곳에 있던 사이드보드 선반 위에서 졸업 앨범을 집어 들었다. 방치하고 있었는데, 일단 넣어두는 게 좋을지도 모르겠다.

누군가가 펼쳐 보고 있는 걸 힐끗 본 적은 있었지만, 직접 여는 건 받은 이후로 처음이다.

일단 봐둘까.

그렇게 생각하며 아무 페이지나 대충 펼친 곳은 동아리 활동 소개란이었다.

히라노가 천문부 구석에 찍혀 있다. …동아리에 들어갔었나? 안 했던 것 같은데. 그래도 여기에 있다는 건, 얼굴은 제대로 내밀고 다녔다는 뜻이겠지. 다른 학년 부원들이랑도 잘 어울렸던 기억이 난다.

그 녀석, 후배들이 유난히 잘 따랐지. 먀짱을 포함해서.

본인은 자각이 없는 듯 오히려 자기 외모가 좀 위압적이라는 둥 말하곤 했지만, 그런 건 전혀 상관없이 후배들이 잘 따랐던 것 같다.

나도 1학년 때, 동아리에 들어갈까 고민했던 시기가 있었다.

"이왕 고등학교에 들어갔는데."라며 누나가 권유해서, 들어가야 하나 싶었다.

동아리 활동을 하려고 고등학교에 간 건 아니라는 반발심도 들었지만, 중학교 때 거의 아무것도 안 해 봤기에 나름 흥미가 생기긴 했다.

배부받은 자료 속 동아리 목록을 보다가 요리부라는 동아리가 있는 걸 발견했다. 임시 가입조차 안 했지만, 어떤 곳일까 싶어서 들여다본 건 그곳이 유일하다.

가정과 실습실 안에서 세 명 정도의 부원들이 계속 떠들면서 뭔가를 만들고 있었다.

다들 신이 나서 즐거워 보이긴 했지만, 화기애애한 그 분위기가 왠지 나와는 맞지 않을 것 같아서 결국 말을 걸지도 못한 채 그냥 지나쳐 버렸다. 들어가지 않았다. 그런 기억만 남아 있다.

앨범을 덮고 선반에 밀어 넣으니 사이즈가 맞지 않아 조금 튀어나온다. 그렇다고 책등이 보이게 세워 둘 만큼 선반 높이가 있는 것도 아니고.

—동아리에 들어갔으면, 또 다른 기분이었을까. 케이크 같은 걸 지금은 독학으로 만들고 있지만, 들어갔더라면 선생님께 배울 기회도 있었을지 모른다.

그래도 역시, 사람들과 이야기하면서 만드는 건 선호하지 않는다. 묵묵히 만드는 게 좋다. 먀짱만은 예외지만.

…밸런타인 때는 즐거웠지.

같이 만드는 것도 물론 좋았지만, 그저 같은 공간에 함께 있다는 것만으로도 마음이 즐겁고 간질거렸다.

서툰 모습도 신선하고, 사랑스럽다. 그저 귀여웠다.

요리에 진지하게 임하는 그 성실한 손을 만지고 싶었고, 얼굴에 묻은 가루를 털어주자 손재주가 없는 편이라고 부끄러워하며 고개를 살짝 숙이는 모습이 귀여웠다. 그때 닿은 볼의 감촉이, 살결이 손끝에서 떠나지 않았다.

손끝이 뜨겁게 저리는 느낌이었다.

그 열기에 삼켜진 것처럼 움직이지 못하고 있는 나를, 먀짱이 가만히 올려다봤다. 의아한 얼굴이었다. 아직 뭐가 묻어 있나요. 그렇게 묻고 싶은 듯한 표정.

내가 아무 말도 하지 않자, 먀짱도 뭔가 눈치챘는지 잠깐 시선을 피하듯 눈을 내리깔았다.

"…저기."

결심한 듯 다시 나를 똑바로 바라보고, 강한 눈빛을 내게 보내며 "선배." 하고 입술을 움직였다.

그때 난 곧게 나를 바라보는 그 눈동자를 보며, 내가 먀짱에게 얼마나 끌리고 있고 마음이 흔들리는지를 알든 모르든 먀짱은 늘 이런 사람이지, 하는 생각을 하고 있었다.

베이킹을 하는 중이었기에 그 이상 뭔가를 하지는 않고 그대로 작업을 재개했지만, 만약 그러지 않았다면. 그랬다면.

…아니. 응.

…가자.

시간이 남아돌면 이상한 생각을 하게 마련이다.

현관 열쇠를 잠그며 떠오른 것은, 집에 아무도 없다는 사실이었다.

걸음을 옮겨도 사념이 사라지지 않는다. 오히려 걸음을 옮기는 동안 더 구체적으로 형태를 갖추는 느낌이다.

누나는 아르바이트 중이고, 부모님은 두 분 다 1층에 있는 가게에서 일하고 계신다.

…아니, 저녁 무렵엔 어머니가 위층으로 올라온다. 이상한 기대는 하지 말자.

스스로에게 그렇게 다짐하며 역에 도착하자, 마침 그 타이밍에 먀짱이 개찰구를 빠져나왔다.

전에 왔을 때의 비장한 분위기와는 전혀 다른, 환하고 밝은 얼굴이다. 앗, 하는 들뜬 듯한 목소리가 들린 것 같기도 하다.

"집에서 기다리라고 했잖아요."

달려오듯 다가온 먀짱을 보자 나도 모르게 훗, 하고 웃음이 새어 나왔다.

"왜요?"

왜 이렇게 귀여운 걸까.

“아니, 타이밍이 좋네 싶어서. 집에서 할 일도 끝났길래 산책 삼아 나와 본 거야.”

귀여워서, 라는 본심은 숨겼다.

먀짱 본인은 그런 말을 듣는 걸 별로 좋아하지 않는다고 했기 때문에, 가능한 한 귀엽다는 말을 하지 않으려고 신경 쓰고 있다. 졸업식 날에는 나도 모르게 말해 버렸지만.

“아. 도착 시간을 제대로 알려드릴 걸 그랬네요.”

‘적어도 전철에 탈 때’라며 먀짱이 사과하려는 걸 말리고, 집을 향해 함께 걷기 시작했다.

“괜찮아, 괜찮아. 전에 들었던 대략적인 일정이랑 거의 비슷하고, 결과적으로는 잘됐잖아. 과자 만들기도 순조로웠나 보네.”

“맞아요! 정리까지 포함해서, 지금까지 중 가장 순조로웠어요! 아, 그래도 선배랑 같이 만들었을 때가 트러블은 덜 발생했어요.”

자랑스러워하던 표정에, 살짝 쑥스러움이 섞인다.

“먀짱, 무슨 실수를 했는데?”

성공한 것 같으니, 큰일은 아니겠지만.

“재료를… 제 마음대로 늘렸어요.”

그 진지한 목소리에 나도 모르게 웃음이 터졌다. 먀짱이 진심이라는 걸 알기에 더더욱.

"감으로 했구나."

"알아요. 아니, 배웠어요. 베이킹은 계량이 생명이더라고요."

열심인 모습이 정말 귀엽다.

"쿠레사와랑 타시로도 만들었다고 했지?"

먀짱은 쿠레사와의 제안으로 그 쿠킹 클래스에 참가했다.

그라면 요령 있게 여친이 좋아할 만한 걸 만들었을 것 같다. 쿠키의 경우에는 굉장히 귀여운 틀을 고른다든가. 먀짱은 어땠을까.

"네. 쿠레사와랑 타시로랑 같이 만들었어요. 둘 다 꽤 잘해서, 선생님 시범만으로는 잘 모르겠는 부분은 두 사람을 참고하기도 했고요. 보조로 들어온 학생이 있었는데, 제가 막히면 바로바로 조언해 줘서 덕분에 무사히 완성했어요!"

정말 즐겁게 얘기하네.

내가 재학 중일 때도 쿠킹 클래스가 있어서 같이 해봤으면 좋았을 텐데.

"재밌었어?"

"네!"

물어볼 필요도 없는 질문이지만, 웃는 얼굴이 보고 싶어서 괜히 묻게 된다.

"아, 맞다. 빌렸던 만화 두 권 다 읽었어."

"어땠어요?"

먀짱의 눈이 반짝인다.

재밌었다는 말로 끝내는 건 쉬운 일이다.

하지만 기대하고 있다는 걸 아니까, 조금은 정성스럽게 말해 본다. 읽은 책에 대한 감상을 다른 사람에게 얘기하는 경험은 먀짱 말고는 없었기 때문에, 새로운 자신을 발견한 기분이다.

"전에 빌린 책의 속편 말인데, 주인공이 요리를 잘하는 상대한테 점점 길들어가다가 너무 어리광을 부리는 것 같다며 반성하고 잠깐 거리를 두려고 하잖아. 패스트푸드로 때우려고 하기도 하고. 그거, 상대 입장에서는 되게 서운하겠다고 생각했어. 같이 햄버거를 먹는 거면 몰라도, 밥 먹자는 걸 거절하고 혼자 먹어 버리니까."

아, 왠지 주제에 친근감이 느껴져서 그런지 내 일처럼 말해 버렸다.

기본적으로는 밝은 코미디물이라서 불쑥 튀어나온 혼밥의 쓸쓸함이 더더욱 도드라져 보였고, 그러니 억지로라도 데리고 돌아갈 법도 하다는 생각이 들었다.

"오…! 저는 제가 요리를 너무 못해서 그런지, 수의 심정을 잘 알겠던데요…."

"그래도 오늘은 먀짱이 만들어 왔잖아? 그럼, 이제 상대 마음도 알 수 있지 않나."

먀짱이 들고 있는 종이봉투로 시선을 보내자, 그는 작게 수줍은 듯 웃었다.

"그렇…네요…."

…아, 진짜.

여기가 역 앞이 아니었다면.

잡담을 나누며 걷다 보니 집에 순식간에 도착했다. 가게 뒤쪽으로 돌아 계단을 올랐다. 1층은 점포, 2층은 주거 공간이다. 현관은 계단 끝에 있다.

"전에도 생각했는데, 가게에 들러서 인사도 안 하고 올라오니까 몰래 숨어 들어오는 느낌이에요…."

괜히 긴장이 됐다.

농담으로라도 말할 수 없다.

"오늘 우리 집, 아무도 없어."

말해 버리고 나서 아차, 싶었다. 굳이 말할 필요 없었는데.

현관문을 열면서 뒤늦게 후회했다. 이런 타이밍이니 뭔가 기대하고 있다는 듯한 오해를 받을지도 모른다.

순간적으로 조금 어색해졌지만, 내가 너무 신경 쓰는 걸지도 모르겠다 싶어 슬쩍 먀짱을 훔쳐보다가 나도 모르게 "와" 하며 입을 막을 뻔했다.

—얼굴이 조금 빨개졌어.

두근, 하고 심장이 요동친다.

자기 맥박이 들리는 감각.

찰칵, 하고 문이 닫히는 소리.

모든 게 슬로모션처럼 뇌에 새겨지고, 시야에 들어온 내 손이 먀짱의 손 위에 겹쳐지는 것을 마치 다른 장소에서 바라보는 것 같다.

닿아 있는데도 먼 것 같은, 겹친 손끝의 체온이 녹아 서로 붙어버린 것 같은, 순화된 고양감만이 가득한 닫힌 세계.

"선배!"

조금 당황한 그의 목소리.

울대가 크게 움직였지만, 그 다음 말은 나오지 않았다.

아직 문도 잠그지 않았고, 신발도 벗지 않았다.

그런데 벌써 시작된 것 같은 기분이 든다. 기대하게 된다.

닿아 있던 손끝을 뻗어, 그의 왼쪽 소매 틈으로 손가락을 아주 조금만 밀어 넣는다. 닿은 손목 안쪽의 피부는 얇고 매끄러워서, 쿵쿵 세차게 뛰는 맥박이 고스란히 느껴졌다.

이 감촉에 조금 더 빠져 있고 싶다.

"…조금만 더, 기다려 주세요…."

숨결에 가까운 목소리가 스며든다.

지금, 이곳에 내가 원하는 모든 것이 있다.

"저기, 슈메이 선배…!"

다급한 제지의 목소리.

하지만 오히려 역효과다. 왜 이름을 부른 거야.

흥분, 된다.

마치 해서는 안 될 짓을 하고 있는 것 같다.

먀짱도 두근거리고 있을까?

묻는 대신, 살짝 몸을 굽혀 숙이고 있는 얼굴을 들여다보자 부끄러워하는 눈동자와 시선이 마주친다. 싫지 않은 표정, 맞지…? 하지만 긴장한 듯, 잡고 있던 손목이 움찔 하고 튄다.

뺨을 바싹 붙여, 눈이 마주치지 않을 만큼 가까이 다가간다. 입술까지의 거리는 아주 조금.

—먀짱의 향기가 난다.

"아…."

살짝 열린 입술에 키스하려는 순간.

문 너머로 계단을 올라오는 발소리가 들려왔다.

"아쉽네."

열기 어린 먀짱의 귓가에 숨결을 흘리듯 속삭이고, 아쉬움을 남긴 채 몸을 뗐다.

"…가족분이죠?"

먀짱도 속삭이는 듯한 목소리였다.

"아마 그럴 거야. 들어가자."

그렇게 말하고 신발을 벗는 순간 달칵, 하고 문이 잠겼다. 아, 잠그지 않은 채였지.

…왠지 나, 밖이나 학교처럼 오픈된 곳에서만 키스를 하는 것 같은 기분이네. 조금 전에는 미수로 그쳤지만.

그렇게 생각하고 있는 사이에 다시 한 번 열쇠가 돌아가고, 문이 열렸다. 들어온 건 어머니였다.

"혹시 이제 막 돌아온 거니? 이쪽은 친구?"

친구는 아니지만, 지금 여기서 말할 건 아니지.

"방금 들어왔어."

“앗. 저기, 안녕하세요.”

인사하는 먀짱의 얼굴을 보고, 어머니는 기억이 난 듯했다.

“아, 전에 병문안 와줬던….”

직업상 사람 얼굴을 잘 기억하는 편이라, 금세 떠올렸을 것이다. 뭐, 애초에 내가 누구를 데려오는 일 자체가 드물기도 하고.

“네, 미야노라고 합니다.”

“어서 오렴. 미안한데 내가 바로 일하러 돌아가야 해서. 어제 거실에서 근무표 만들다가 그대로 두고 나와서 그걸 가지러 온 거거든. 냉장고 속 음료는 마음대로 마셔도 돼. 떨어진 게 있으면 연락 주고.”

말을 하면서 분주하게 볼일을 보러 가는 어머니의 등을 향해 “알았어.” 하고 짧게 대답했다.

…맥이 빠졌다.

좋은 분위기라 해야 할지, 묘한 분위기라 해야 할지, 그런 분위기가 조성된 순간 누군가가 끼어들면 믿을 수 없을 만큼 피곤하다. 그래도 뭐, 들키지 않아서 다행이었다.

먀짱과 서로 얼굴을 마주하자, 누가 먼저랄 것도 없이 웃음이 터졌다.

“방에 갈까.”

"네."

손님이 와 있다는 걸 들켰으니, 또 누가 올 것 같아서 이제 손은 댈 수 없다.

먀짱을 내 방에서 기다리게 하고, 오전에 준비해 둔 디저트를 가져온다.

먀짱 전용 특제 파르페.

내가 준비한 거라며 내밀자, 먀짱은 눈을 크게 뜨고 놀랐다.

"네? 직접 만든 거예요? …진짜요? 아니, 선배가 거짓말할 거라곤 생각 안 하지만요! 감사합니다!"

텐션이 높네.

"그래—."

먀짱은 들고 있던 종이봉투를 힐끔힐끔 보며, 뭔가 망설이는 모습이다.

겹칠 일도 없을 텐데, 대체 왜 그러는 걸까.

"…저, 이거요. 제가 만든 건 파르페랑 전혀 비교가 안 되는데… 지금은 열지 말아 주세요. 제가 집에 돌아간 다음에 보세요. 선배 거랑 나란히 두는 건 좀… 무리라서…."

먀짱이 정성을 들인 것만으로도 충분히 기쁘니까, 굳이 비교

할 필요는 없는데.

“갑자기 왜 그래. 아까까진 즐겁게 얘기했으면서.”

“…갑자기 정신이 돌아왔어요.”

아주 싫은 얼굴은 아니다. 분류하자면 부끄러운 것에 가까우려나.

“난 지금 당장 보고 싶은데―.”

“안 돼요! 부탁이에요! 아, 그래도 맛은 보장할 수 있으니까 안심하세요.”

어느 쪽인 거야. 귀엽네.

“먀짱이 맛본 거야?”

“아뇨, 타시로랑… 또 한 명, 선생님 보조를 하던 학생이….”

그럴 거라고는 생각했지만, 막상 들으니 조금은 분하다.

“그래? 나만 먹고 싶었는데.”

내가 투덜거리자, 먀짱은 부끄러운 듯 입가를 가린다.

“…다음엔 아마 선배한테만….”

나도 모르게 살짝 웃고 있었다.

“왜 ‘아마’야?”

가볍게 넘겨도 될 말에 진지하게 답해 주는 건 먀짱의 미덕이다.

"또 그런 클래스가 있으면 참가할지도 모르는데, 그땐 다른 사람이 맛을 보게 되지 않을까 해서요. 수학여행 때 아이스크림 만들기를 했을 때도 느꼈지만, 적은 인원으로 남의 걸 보면서 진행할 수 있는 거면 저도 실패가 덜한 것 같아요. 조리 실습은 본보기로 삼을 대상이 없으니까 조급해져서, 괜히 제 짐작대로 진행하게 되거든요…."

"아, 응. 익숙하지 않으면 그렇게 되지."

요리를 못하는 사람은 실제로 꽤 많을 거라 생각한다. 고등학생이라면 더더욱.

그런 점을 지금 이 단계에서 극복하려고 하는 먀짱은 정말로 긍정적인 노력가라는 걸 다시금 실감했다.

"그래도 사사키 선배랑 같이 만드는 건 즐거우니까 또 하고 싶어요. 밸런타인데이나 화이트데이 때는 혼자 만들고 싶지만요…."

그 말은 즉.

이벤트도 아닌데 둘이서만 과자를 만든다는 건, 사실 꽤 특별한 행위가 아닐까. 그야말로 연인이 아니면 좀처럼 실행하기 힘든 일.

"그렇구나. 나도 먀짱이랑 만드는 거 즐거웠어."

"그럼 이거… 꼭 나중에 열어 보세요."

조심스럽게 내민, 작고 예쁜 상자를 받아 들었다.

이 상자도 선물용으로 준비해 줬구나, 하고 생각하는 것만으로도 기쁘다.

"알았어. 고마워, 먀짱."

낮은 테이블 위에 파르페와 쿠키 상자가 나란히 놓인다.

매끄럽지 않은 교환이, 왠지 사귀기 전 같았다.

"…작년이 떠오르네요."

같이 웃으면서, 나도 "그러게." 하고 고개를 끄덕였다.

1년하고도 조금 전, BL 소재가 될 거라며 부추기듯 반강제로 성사시켰던 밸런타인 초콜릿 교환.

장난처럼 굴었고, 당시 먀짱에게 그럴 마음이 없다는 건 분명했기에 설마 화이트데이 답례를 받을 수 있을 거라고는 꿈에도 생각하지 못했다.

방과 후라 해도 상급생 교실까지 가져오는 건, 꽤 용기가 필요한 일이었을 텐데.

"저, 작년에 그냥 안 주면 좀 불편하겠다 싶은 소극적인 생각으로 준 게 계속 마음에 걸렸거든요…. 그래서 올해는 그런 게 아니라 제대로 전하고 싶었어요. 밸런타인데이 때만으로는 부족

한 것 같아서요. 그래서 이렇게, 화이트데이에 편승하는 느낌이 되긴 했지만….”

작년에 대한 미련은, 아마도 내가 더 클 것이다.

“아니야, 나도 작년엔 그냥 들고 있던 과자를 줬잖아. 그 아쉬움을 몽땅 담다 보니 이렇게 됐지 뭐야.”

“그래도 너무 호사스러워요… 사진 찍어도 돼요? 엄마한테 보여드리고 싶어요….”

“얼마든지—. 아, 맞다. 이 파르페는 먀짱이 말한 재료들은 안 썼어.”

먀짱은 온몸을 써가며 베스트 샷을 찾고 있다. 아마도 그림자가 안 지는 위치를 찾는 거겠지. 위에서, 옆에서, 대각선에서. 나도 찍히고 있나 싶어서 손을 흔들어 봤다.

“선배, 흔들려요. 그보다… 네? 설탕도 달걀도 밀가루도 버터도 없이요? 그게 가능해요?!”

놀랄 줄 알았지만, 기대 이상의 반응이다.

“원재료에는 조금 들어가 있겠지만, 내가 직접 쓰진 않았으니까 세이프로 치자.”

“세이프고 뭐고, 저기… 전 그냥 쿠키 말고 다른 거란 의미로 말한 거지, 그런 속박 플레이를 하자는 뜻은 아니었거든요…!!”

속박 플레이라니.

“아하하. 그런 줄은 알았어. 그래도 젤리라면 전부 없이도 만들 수 있고, 그럼 다른 것도 가능하지 않을까 싶어서 이것저것 만들어 봤거든. 물론 리큐르 같은 원재료에 설탕은 들어가 있긴 하지만. 자, 먹어 봐.”

스푼을 든 채로 먀짱이 고개를 갸웃한다.

“리큐르….”

되뇌는 게 귀엽다. 괜히 마음이 몽글몽글해진다.

“술 종류야. 달콤한 거.”

한 입 먹은 먀짱은 눈을 깜빡깜빡했다.

“……?! 그럼, 이 스펀지케이크 부분.”

“그건 브라우니야. 잡곡쌀이랑 커피 리큐르랑 코코넛 오일이랑— 밀가루 대신 쌀가루를 쓰고, 아몬드 파우더도 조금 넣었어.”

글라스 바닥에는 티라미수 느낌이 나도록 크림을 얹은 브라우니를 깔았고, 그 사이엔 요거트 베이스의 소스를, 윗부분에는 베리 계열로 만든 젤리를 올리고, 춘권피로 만든 코코아 스틱을 꽂아뒀다.

코코아는 설탕이 섞이지 않은 순수 코코아를 썼다.

"너무 달지 않다고 생각했는데, 먀짱한테는 여전히 달까?"

각 층마다 어우러지는 게 다르기 때문에, 코코아 스틱을 제외하면 전부 어느 정도는 달게 만들었다. 너무 절제하면 오히려 맛이 흐려져서 디저트답지 않게 되니까.

"아뇨! 맛있어요. 술 맛은 거의 안 느껴지네요."

정말 마음에 들었는지, 먀짱은 이야기를 나누는 사이사이에도 파르페를 계속 먹었다. 촉촉하고 묵직한 브라우니가 특히 취향이었던 모양이다.

"술 향이 나는 디저트가 좋아?"

조금 더 리큐르 풍미가 남아 있는 쪽이 취향일까. 만난 지 얼마 안 됐을 때, 술 맛이 나는 걸 좋아한다고 했었지. 럼을 조금 진하게 쓴 티라미수 같은 것도 괜찮을지도?

"아, 아니요, 그런 뜻은 아니었어요…. 흥미는 있지만요."

"하하, 다음에 한번 만들어 볼게. 그땐 먀짱이 시식해 줘."

우리 가족과 나는 술은 못하니까, 그런 걸 만들면 완전히 먀짱 전용 디저트다.

"네. 꼭이요."

눈을 반짝이며 웃는 먀짱의 입가에 코코아가 살짝 묻어 있다. 먀짱 눈엔 안 보이겠지. 닦아줘야겠다—.

"……"

나는 손을 뻗으려다 멈췄다.

눈치 챈 먀짱이 "선배?" 하고 고개를 갸웃한다. 사랑스럽다. 그 얼굴을 만지고 싶다. 연인이라면 허용될까.

몸을 조금 내밀어 먀짱에게 얼굴을 들이댔다.

그는 놀란 듯 어깨를 움찔하더니, 망설이면서도 반사적으로 눈을 감았다.

꾹 닫혀있는 그 입가를 핥았다.

"어?!"

그렇게 놀랐나. 귀엽다. 나도 모르게 웃음이 터져 나온다.

"방금 좀 BL 같았지."

키스할 줄 알고 눈을 감았는데, 사실은 얼굴에 묻은 걸 떼어 준 것뿐.

그런 상황을 빌려 읽은 책에서 여러 번 봤다.

"선배가 이런 행동을 할 줄은 생각을 못 했으니까 너무 뜻밖이라… 놀라서 소리가 나왔어요."

"하하… 싫었어?"

조금 짓궂은 질문이었을지도 모른다.

먀짱은 곤란한 듯 눈을 도르륵 굴렸다.

“싫지 않다고 말하면, 받아들이는 방식에 따라서는 좀…. 제가 본심이 아니라면 선배가 변태가 되거나, 아니면 제가…. 꼭 BL 같잖아요….”

“그래서, 실제로 먀짱은 어떻게 받아들였어?”

더 캐묻지 말아줬으면 하는 게 느껴졌지만, 일부러 되물어 보았다.

“…선배, 지금 일부러 그러는 거죠?”

나를 살짝 나무라는 듯하면서도, 체념이 섞인 눈빛.

안심하고 있지 않으면 지을 수 없는 표정이라, 저절로 미소가 지어진다.

내가 웃는 게 마음에 안 들었는지, 먀짱은 더더욱 뾰로통한 얼굴이 되었다.

먀짱은 내가 BL 같은, 장난 섞인 키스를 흉내내는 특이한 행동을 할 거라고는 생각하지 못했겠지. 그런데 실제로 핥기까지 했으니 엄청 당황했을 테고, 거기다 캐묻기까지 하니 곤란해진 걸까.

대답 여하에 따라 그런 분위기로 흘러갈까 봐 경계하게 만들었을지도 모른다. BL로 나를 감화시켰다는 자각이 있는 것도, 솔직하게 답하기 어려운 요인일 테고 말이다.

"미안, 짓궂었지?"

이 이상 놀리면 안 되겠다고 생각은 했는데, 작게 웃음이 새어 나와서 나는 입가를 가렸다.

"괜찮아요…."

그렇게 말하고는, 먀짱은 남은 파르페를 다시 먹기 시작했다.

"아, 맞다. 이거 잊기 전에 돌려줄게."

그릇을 정리하고, 침대 옆 보드에 올려두었던 만화 두 권을 건넸다.

"아, 네."

먀짱은 받으면서도 신경이 다른 데 가있는 눈치다.

시선을 따라가 보니, 보드 아래쪽 선반에 닿는다. 튀어나와있는 앨범일까.

"이거? 졸업 앨범이야. 볼래?"

"봐도 돼요?!"

아, 바로 달려드네. 귀엽다.

"그럼."

나도 모르게 웃음이 흘러나온다. 먀짱이랑 있으면, 난 계속 웃게 되는 것 같다.

사소한 것까지도 놓치기 아까울 만큼 귀여워서, 정말 좋아하고 있다는 걸 실감하게 된다.

먀짱은 책상 위에 만화를 내려놓고, 졸업 앨범을 꺼내 조심스럽게 펼쳤다.

처음에는 나도 같이 보자는 듯 눈짓을 보내왔지만, 우리 반 단체사진 부분에 이르자 완전히 빠져들어서 마지막 페이지를 넘길 때까지 한 번도 고개를 들지 않았다. 마치 틀린 그림 찾기에 몰두한 어린아이처럼.

다 보고 앨범을 덮을 줄 알았는데, 먀짱은 앞쪽으로 페이지를 다시 넘겼다.

“선배, 생각보다 별로 안 찍혔네요.”

역시 나를 찾고 있었던 건가.

그럼 얼굴을 안 들었던 건, 내가 알려주기 전에 스스로 찾아내고 싶어서? 그런 조금 자만 섞인 생각이 머리를 스쳤다.

“하하, 피해서 다녔거든. 3학년 때는 앨범 사진 담당이 돼버렸지만.”

“흠… 조금 의외예요. 그런데 생각해 보니 축제 때도 카메라를 들고 계셨죠.”

기억하고 있었구나.

“응. 동아리 활동도 안 하고, 소속된 위원회도 없으니까 시간이 많지 않냐며 앨범 위원에 강제로 동원됐어.”

“강제 동원이라니요.”

먀짱이 웃으면서 다시 앨범으로 시선을 돌린다.

“앗!”

뭔가를 발견한 듯, 갑자기 소리를 질렀다.

어, 뭐지? 깜짝 놀랐잖아.

“왜 그래?”

먀짱이 펼쳐든 것은 2학년 때 사진이 실린 페이지였다.

“흐, 흑발인… 레어 버전의 히라노 선배가 있어요…!!”

한 장의 사진을 가리키며, 먀짱이 눈으로 호소했다.

“아, 2학년 수료식 때였나. 그립네. 새 학기엔 말끔하게 다시 돌아왔지만.”

“진짜 잠깐이었죠.”

어라, 근데.

그때 먀짱이랑 히라노는, 나보다 먼저 같이 있지 않았나?

“먀짱, 사진 엄청 찍지 않았어?”

되게 즐겁게 떠들었던 것 같은데.

“그건 나중에 히라노 선배가 지워버렸어요.”

먀짱이 슬픈 얼굴로 대답했다.

"아—…."

웃어서 미안.

히라노 녀석, 그렇게 마음에 안 들었나. 은근히 어른스럽지 못한 구석이 있어.

"근데 대학교 가면 다시 흑발로 돌아갈지도 몰라."

"그럴 가능성이 있군요…!! 위원회 OB로 한번 놀러 와 달라고 나중에 히라노 선배한테 문자를 보내야겠어요."

위원회 OB라니, 참신한 발상이다.

선도부는 활동 취지에 비해 상당히 친밀한 분위기인 것 같으니, 그게 가능할지도 모르겠다.

"지금 해도 돼."

문자 보내는 것 정도야 시간이 걸리는 것도 아니고.

깊은 뜻 없이 한 말이었는데, 먀짱은 흠칫하며 진지한 얼굴이 된다.

"네? 아뇨, 지금은… 선배랑 같이 있으니까, 나중에…."

말을 이어갈수록 점점 수줍은 목소리가 되는 게… 이걸 뭐라고 표현해야 하지. 너무 훅 들어오잖아. 그렇게 날 우선으로 생각해 주는 거야? 그런 말을 들으면, 마음이 동하지 않는 게 더 이상하다고.

주먹을 꽉 쥐었다. 쥐고 있지 않으면, 손을 뻗어 버릴 것 같아서. 연인으로서의 의미를 담아.

하지만 언제 가족이 돌아올지 모르는 상황에서 함부로 손을 대서는 안 된다.

내 탓에 먀짱이 곤란해지는 건 절대 싫다.

"아— 지금 해도 돼. 응, 내가 보는 데서 다른 사람이랑 약속 잡는 게 오히려 안심이지."

"안심…?"

무슨 말이냐는 얼굴이다. 내가 질투할 수 있다는 데까지는 생각이 미치지 않는 모양이다.

"응, 신경 쓰지 마. 아무튼 지금 문자 보내도 괜찮다는 뜻이야. 그런 건 떠올랐을 때 바로 해두지 않으면 잊어버리기 쉽잖아."

먀짱이 괜히 신경 쓰게 만드는 것도 싫어서, 궁색하게 얼버무렸다.

히라노에게 문자를 보내는 동안은 이상한 짓을 못 할 테니, 그런 의미에서도 딱 좋다. 자유로운 시간이 길어지면, 언제 누가 돌아올지도 모르는데 자꾸만 손대고 싶어지니까.

일단 나는 냉장고에서 음료를 가져오기로 했다.

그에게는 무가당 아이스티, 나는 대충 사과주스.

그렇게 보여도 성실한 히라노가 금방 답장을 보내왔는지, 음료를 들고 돌아왔는데도 먀짱은 아직도 문자를 쓰고 있었다.

"아, 감사합니다."

"아냐."

손을 어디다 둬야 할지 몰라서, 이미 반납했지만 책상 위에 그대로 놓여 있는 BL 만화를 읽기로 했다. 감상을 들려줄 생각이었는데, 다른 한 권 이야기만 하고 이건 아직 얘기하지 않기도 했고.

―'보는 데서'라는 말은 좀 속 좁은 표현이었지.

내가 봐도 유치하다 싶어 스스로가 어이없었다. 애초에 히라노한테는 그런 걱정을 할 필요도 없는데 말이다.

지난번엔 화제로 삼은 걸 본인한테 사과까지 해놓고, 이번엔 자제하기 위해 또 써먹고 있다니. …이왕 이렇게 된 거, 히라노를 화젯거리로 써먹는 정도쯤은 이제 괜찮지 않나 싶기도 하다. 당사자도 별로 신경 안 쓴다고 했고.

생각하기 시작하니 끝이 없다.

공통된 지인 얘기를 하지 않는 게 오히려 더 부자연스러운 것 같기도 하고, 여러모로 귀찮게 느껴지기 시작했다.

"선배, 기다리게 해서 죄송해요."

"약속 잡았어?"

그렇게 묻자 먀짱은 쓴웃음을 지었다.

"모르겠대요. 아직 대학교 세부 일정이 정해지지 않았다고 하네요. 그리고 출입 허가도 받아야 해서, 선생님께 확인도 해야 한대요."

졸업식 이후로는 못 만났지만, 여전히 외모랑 어울리지 않는 성실함이다.

"걔 진짜 FM이야."

"히라노 선배는 대충 얼버무리는 식의 대답은 안 하는 편이니까요."

성실하다고 해야 할까요, 하고 먀짱은 감탄한 듯한 표정을 지었다.

"그러게. 근데 먀짱도 그렇잖아?"

"음… 그럴지도 모르지만, 저랑 히라노 선배는 완전히 다른 타입이죠."

"그렇긴 해."

이것도 화제로 삼는 것에 포함되려나. 뭐, 괜찮겠지.

"아, 맞다. 선배, 그쪽 작품은 어떠셨어요?"

기억을 더듬으며 대충 넘기고 있던 책은 일상생활이 중심인 이야기다. 스며드는 듯한 다정함과 경쾌한 티키타카 속에 섞인 개그가 좋았다.

"개그가 재밌는 건 역시 좋아."

"저도 모르게 웃게 되죠? 힐링계고 정말 재미있는 작품이라서, BL을 잘 안 읽는 사람들도 더 많이 읽어줬으면 하는데…."

BL 만화니까 그런 장면이 없지는 않지만, 어디까지나 일상의 일부처럼 자연스럽게 지나간다.

"응. 뭔가 말이야, 지반이 단단한 느낌이랄까. 생활감이 살아 있는 리얼함이 절묘하다고 느꼈어. 일부러 웃기려는 게 아니라, 저절로 웃게 되는 게 좋더라."

"맞아요! 개그는 그런 아주 평범한 균형 감각 위에서 성립한달까, 주인공이 어딘가 친근한 요소를 가지고 있으니까 웃을 수 있는 부분이 있는 것 같아요. 템포도 정말 절묘하고, 기괴한 표현이나 강한 웃음 포인트가 있는 것도 아닌데 쿡쿡 웃게 되잖아요…! 깊이 생각하게 만드는 부분도 있지만 강요하는 느낌은 없고, 무엇보다 읽고 난 뒤의 여운이 좋아요."

오랜만에 토크가 멈추지 않는 먀짱이다. 귀엽네.

"응."

쿡쿡 웃게 만드는 매력은 먀짱도 그런데.

"이건 분명 드라마 CD가 나오겠다 싶어서 기대하고 있어요…! 이 티키타카가 성우의 연기로 어떻게 표현될지 너무 궁금해요. 이 책에 실린 이야기들이 각각 독립된 내용인 줄 알았다가 세 번째 이야기 마지막에서 한 권 전체가 같은 설정이라는 게 드러나는 부분, 저 정말 좋아해요. 따로 읽어도 재밌었던 이야기의 배경이 더 깊이 보이게 되고, 세계가 확장되는 느낌이 들어서요! 최고예요…."

열띤 이야기를 한 차례 마친 먀짱은 목이 말랐는지 아이스티를 단숨에 들이켰다.

"더 마실래? 파르페 먹어서 목마르지?"

"아뇨! 방금은 너무 한꺼번에 말해서… 선배는 앉아 계세요."

내가 되도록 자주 먀짱 곁을 비우고 있다는 걸 눈치챈 것 같진 않지만, 이렇게 붙잡혀 버렸으니 일어나려던 몸을 다시 내려놓기로 했다.

"그러고 보니 선배, 히라노 선배들이랑 졸업여행 같은 거 가요?"

…졸업여행?

"생각해 본 적도 없는데?"

3학년들 사이에서 먼저 나올 만한 발상은 아니다.

아, 그렇구나. 후배 눈에는 그렇게 친해 보였나.

부정하진 않겠지만, 히라노와의 관계는 먀짱이 떠올리는 '친구'의 이미지와는 출발선이 다르다. 그래서 아예 그런 생각은 해본 적이 없다.

애초에 먀짱이 말한 '선배들' 안에 누가 포함돼 있는지도, 나는 솔직히 잘 모르겠다.

"그렇군요… 타시로는 선배들 졸업여행에 따라간다고 하더라고요. 고등학생쯤 되면 졸업여행이라는 게… 그러니까, 당연한 건가 싶었어요."

먀짱은 내가 그런 얘길 들으면 '그럼 너랑 둘이 가고 싶다'고 생각할 거라고는 상상도 못 하는 것 같다.

올해는 아무래도 일정 맞추기도 빠듯하고, 설령 그렇지 않더라도 자고 오는 여행은 아직 좀 이르겠지. …그렇다면 내년, 먀짱이 졸업할 때쯤이 좋을까.

"음— 나는 가지는 않을 것 같아—."

"아, 가게 일 도와야 해서요?"

손님도 많고 바쁘실 테니까요, 하며 먀짱이 웃었다.

이런 말은 내가 칭찬을 받는 것보다 훨씬 기쁘다.

“그것도 없진 않지만, 그냥 내가 남들 페이스에 맞추는 걸 잘 못해서.”

금방 빠져나가서 따로 행동하게 될 게 뻔하다.

그리고 그런 성격을 아는 친구들은, 나를 굳이 여행에 끌어들이지 않는다.

“그런가요? 저한테는 취미도 그렇고, 페이스도 그렇고, 선배가 다 맞춰주고 있는 것 같은데요.”

고개를 갸우뚱하며, 상당히 부끄러운 소리를 아무렇지 않게 한다.

“…먀짱한테만이야.”

내 말을 들은 먀짱의 표정이 기묘해졌다.

“…정말 감사합니다.”

뭐지. 뭔가 할 말을 참고 있는 것 같은데.

“하하. 뭐, 좋아하는 사람한테는 그렇게 되지. …그럴 수 있으니까 좋아한다고 하는 건가 싶기도 하고. 어느 쪽이 먼저인지는 나도 잘 모르겠지만.”

이런 감정을 알려준 건 단 한 사람뿐이다.

먀짱과 마주하고 있으면, 나는 나 자신을 찾은 기분이 든다.

친절함이나 성실함을 갖췄느냐고 누가 물으면 선뜻 고개를 끄덕일 정도는 아니지만, 먀짱에게서 나눠 받은 무언가가 내 안에 뿌리내린 건 확실하다.

부끄러워서 피하고 있던 시선을 다시 돌리자, 먀짱은 고개를 숙인 채 가슴에 손을 얹고 있었다.

어, 뭐지?

"아… 잠깐만요. 오늘은 이미 한계치를 넘어서서요…."

"무슨 한계?"

먀짱의 뺨이 살짝 붉다.

"사, 사사키 선배에 대해서…"

"응."

재촉하자, 먀짱은 천천히 고개를 들었다.

"…귀엽다고 생각한 횟수라든가, 제 마음의 열량? 같은 게요…."

언어화의 벽에 부딪힌 먀짱의 눈동자가 나를 향했다가 부끄러운 듯 슬쩍 스쳤다.

이렇게 가까이 있는데도, 힐끔힐끔 훔쳐보는 것 같다.

"…너무 많아서, 힘들어요."

이런 말을 연인에게 듣고, 끌어안지 않을 수 없다.

"앞으로는 더 힘들걸."

포옹하려는 기척을 느낀 건지, 먀짱이 조심스레 고개를 들었다.

"저기, …저요, 타시로 얘길 듣고 조금 후회했어요. 저도 선배 졸업여행에 같이 가겠다고 말해볼 걸 하고요. 실제로 갈 수 있을지는 별개로… 그래서 안 간다는 말을 들었을 때 안심해버렸어요…."

죄송해요, 하고 귓가에서 사과하는 목소리를 들으며, 나보다 한 뼘쯤 작은 몸을 조심스레 끌어안는다.

"…독점욕?"

내 목소리가 달달하다. 거의 다른 사람 같다.

"…네."

먀짱은 이번엔 사과하지 않았다.

"키스해도 돼? 살짝만…."

"플래그 세우는 말은 하지 말아주세요."

먀짱은 쿡쿡 웃으면서, 살포시 눈을 감았다.

소설
사사키와 미야노
SASAKI AND MIYANO
2학년

제5장 자율등교 기간 중의 사사키와 히라노.

묘한 감각이다.

어제까지의 나와 오늘의 내가 어떻게 다른지 알고 있는 사람은 지금으로선 먀짱 한 명뿐이다.

사귀게 되면 더 들뜨지 않을까 생각했는데 상상했던 것보다 훨씬 평범하고, 지금까지와 별반 다르지 않은 내가 있다.

아, 그래도 들떠 있는 구석은 있나.

평소라면 새벽에 빵집 준비를 돕고 나서 졸리기 마련인데, 오늘은 다시 잠들고 싶은 마음도 없고 정신이 또렷했다.

학교 갈까.

그렇게 정하고 늘 타던 전철에 올랐지만, 먀짱과 마주치지는 못했다. 왜일까. …그러고 보니 연락처를 교환했었지.

지금 전철이야? 하고 물어보니 이제 막 내렸다고 한다.

『오늘 등교하세요?』

먀짱의 목소리가 머릿속에서 멋대로 재생된다. 입가가 자연스럽게 풀어졌다.

『응. 도착하면 연락할게.』

자율등교 기간이라 교실에서 출결 확인을 하지 않으므로, 교무실에 들러 자습실 이용 허가를 받아야 한다. 아직 1월인데도 반쯤은 졸업한 것 같은 기분이 들어 어색했지만, 학교에 있다는 것만으로도 기분이 다잡히는지 집에서 하는 것보다 효율이 좋다.

"실례합니다—."

아침 준비로 소란스러운 가운데 열쇠가 있는 선반으로 곧장 향하자 선생님은 의외라는 얼굴을 했다.

"오, 사사키. 오늘도 왔냐? 성실하네."

열쇠만 건네주면 될 일을 한마디 덧붙이니 괜히 민망해진다.

1학년 때 설렁설렁하던 태도를 떠올리면, 여기서 성실하다는 말을 듣는 건 어린애 취급받는 것 같기도 했다. 히라노처럼 평상시 성실한 학생한테는 이런 말을 하지 않을 테니 말이다.

"…이제 그러지 말아주세요."

"미안, 미안. 그래, 수험생이니까."

"여기 자습실 이용 신청서요. 열쇠 주세요."

"그래, 확인할게. …좀 전에 먼저 온 학생이 있어서 열쇠는 걔한테 줬다."

머그컵 옆에 굴러다니던 도장을 찍으며 선생님이 중얼거리듯 말했다.

누구지? 선생님이 알고 있다는 건 우리 반인가?

"네—."

인사를 드리고 출구로 향했다.

아직 자리에서 일어날 기미가 없는 사람, 서서 이야기를 나누는 사람, 뭔가 회의를 하는 사람. 물을 마시고 있는 건 1학년 때 고문(古文) 선생님이다. 겨울만 되면 항상 목이 쉬곤 했지. 아직 학교에 계셨구나, 하고 묘한 기분이 들었다. 수업이라는 접점이 사라지자마자 존재감이 옅어질 만큼 학교에는 정말 많은 교사들이 있다.

지금 이 순간에도 중학생들은 이 학교를 목표로 공부하고 있을 테고. 시간은 계속 흐른다.

소란스러운 교무실의 모습을 곁눈질하며 내가 먼저 자습실에 도착하면 별로인데, 라는 생각을 했다.

그런데 누굴까. 기다리는 거 귀찮은데. 아니, 이렇게 미리 귀찮아하는 게 안 좋은 거지.

가볍게 고개 숙여 인사를 하며 교무실을 나왔다.

마침 바로 앞 복도에 히라노가 있었다.

"그럼, 이건 사회과 교실 소파에 놓아두면 될까요?"

아무래도 짐 나르는 일을 부탁받은 모양이다.

"그래. 고마워, 덕분에 살았어."

"고맙다, 히라노."

수학 선생님과 사회 선생님 두 분에게서 동시에 감사 인사를 받고 있다.

대단하다고 생각하며 그냥 지나가려던 찰나,

"사사키."

하고 이름을 부른다. 말할 것도 없이 히라노다.

"마침 잘됐다. 나르는 거 좀 도와."

"엥—."

"엥은 뭐가 엥이야."

뭐, 열쇠 가진 녀석보다 먼저 도착해서 기다리는 것보다는 낫겠지.

자습실을 쓰기 전에 진로지도실에서 자료를 빌려 오는 애도 있고, 만약 그렇다면 어차피 시간을 좀 때워야 한다. 오히려 잘된 건가.

"뭐, 상관없긴 한데."

"그럼, 이쪽 받아. 사회과 교실에 가져가야 하는 거."

건네받은 건 골판지 상자였다. 크기는 그리 크지 않은데, 생각보다 무겁다.

"무거워. 지구본이라도 들어 있는 거야…? 그게 이렇게 무거웠나."

두 손이 다 묶인 데다 먼지투성이다.

"틈새마다 있는 대로 자료를 욱여넣어 둔 거 안 보이냐."

"귀찮아…."

역시 맡지 말 걸 그랬다.

열쇠를 가진 게 모르는 녀석이면 귀찮을 테니 그것보단 짐 나르는 게 조금은 낫겠다고 판단했는데, 이렇게 무거울 줄 알았으면 차라리 기다리는 편이 나았다.

"빨리 와."

히라노와의 거리가 어느새 벌어져 있었다.

알겠다고 대답하며 마지못해 그쪽으로 향했다. 이거 같이 나르는 흐름이었나. 당연히 분담인 줄 알았는데.

—아니, 애초에 왜?

딱히 지켜본 건 아니지만, 잠깐 눈을 뗀 사이에 히라노의 짐은 더 늘어나 있었다. 이 자식, 교무실 근처에 있기만 해도 끝도 없이 심부름을 떠안는 건가?

"…너 항상 이렇게 이것저것 떠맡냐?"

선도부라 아는 사람이 많은 것과는 또 다른 문제인 것 같다. 먀짱은 그렇지 않던데.

"떠맡는 건 아냐. 그냥 가는 김에 하는 거지."

한자와도 보통은 아니지만, 히라노도 참 별나다.

"너는 기숙사에서 입시 공부 막판 몰아치기 하고 있을 줄 알았는데."

기숙사에도 자습실이 있다고 하니, 굳이 교복으로 갈아입고 통학하는 수고스러움을 감수기하보다는 그쪽이 더 낫지 않나.

"기본적으로 그러긴 하는데, 계속 기숙사에서만 공부하면 집중력이 떨어지더라고."

의외였다.

"히라노, 너도 그러냐."

책상만 있으면 문제없을 타입처럼 보이는데.

"나를 어떻게 생각하는 거야. …수업이 있을 때는 학교랑 기숙사를 오가면서 딱 좋은 페이스를 만들 수 있었거든. 1, 2학년들이 등교하는 걸 배웅하고 혼자 남는 게 엄청 어색하기도 하고, 갑자기 기숙사 위주로 공부하니 집중력이 오래 안 가. 그리고 도서관에 기출문제집이 있어서 가끔 가기도 하고."

기출문제집은 여기저기 있구나.

"흐음."

그럼, 오늘도 공부하러 온 거네.

즉, 자율등교 기간 동안은 시험 날 말고도 계속 얼굴을 마주칠지도 모른다는 뜻인가.

먼저 가까운 수학교실에 히라노가 들고 있던 짐을 내려놓았는데, 가는 길에 선도부 담당 선생님을 만나서 짐을 하나 더 떠안았다. 마치 배송지에서 추가로 배달을 맡는 택배 기사 같다.

이어 사회과 교실로 향했다. 팔이 슬슬 아파 온다.

왜 이 녀석은 자습하러 와서 이런 잡일을 떠맡는 걸까.

그러는 사이 사회과 교실이 보여, 잠시 망설이다가 말했다.

먀짱이랑 사귀게 되었다고.

어제 일이라서, 사귀고 있다는 현재진행형보다 지금은 이런 표현이 더 맞을 것 같다.

얘기를 들은 히라노는 동요해서 아—, 하고 말끝을 흐렸다.

옆에서 보니 귀가 빨개져서는 “젠장, 난 이런 거에 약하다고.” 라며 성내는 척을 했지만, 부끄러워하는 게 뻔히 보였다.

알아, 하고 대답하면서도 히라노다운 그 태도에 왠지 안심이 됐다.

그런 녀석이 어제 나한테 연락해서 먀짱을 만날 수 있게 해줬다. 이런 식으로 신세를 지게 될 줄은 상상도 못 했는데.

그런 생각을 하고 있는데, “히라노 선배.” 하고 히라노를 부르는 먀짱의 목소리가 들렸다. 교실에서 얼굴을 내밀다가 나도 있는 것을 알아차린 모양인지 표정이 확 바뀐다. 부끄러워하는 얼굴이다. 사귀고 있다는 관계성의 변화를 의식해 주는 게 기뻤다.

"짐 내놔." 하고 짐을 홱 가져간 히라노는 눈치를 챙긴 걸까. 아니면 민망함을 숨기려고?

"등교했다가 히라노랑 교무실에서 마주쳐서, 선생님들 짐 나르는 데 동원됐어."

툴툴대자, 운동도 되고 좋지 않냐는 히라노 특유의 가차 없는 답이 돌아왔다.

변한 관계와, 변하지 않은 관계.

균형도 딱 맞고, 고등학교 생활이 꽤 충실하다는 생각이 들어 마치 남 일인 양 감탄했다.

게다가 보고를 한 직후에 먀짱을 만나서, 오늘 약속도 잡을 수 있었고.

연인인 먀짱과.

어색한 긴장 같은 건 없이 그냥 안심하고 이야기할 수 있었고, 말을 잘 전달했다는 느낌이 들었다. 사귄다는 건 이런 느낌이구나. 키스나 그런 것만이 아니라, 마음이 놓이는 관계.

어제와는 전혀 다른 하루다.

아래층으로 내려가 자습실에 도착하자, 히라노가 아무렇지 않게 열쇠를 꺼냈다.

“역시. 선생님이 먼저 자습실 사용 허가 받으러 온 애가 있다더니 그게 너였구나.”

“그렇지 뭐.”

문을 열고 안으로 들어서자 공기가 움직이는 게 느껴졌다. 아무도 없던 자습실은 고요하고 차갑다.

히라노가 앉은 자리 옆에 나도 앉았다.

왠지 그냥. 다른 애들이 오면 어차피 자리를 좁혀 앉게 될지도 모르니까 차라리 처음부터 옆에 앉자는 정도의 이유로.

…히라노랑 자습실에 같이 있으니 뭔가 위화감이 드네. 둘뿐이라 더 그런가.

히라노는 한자와와 마찬가지로 반에서도 머리가 좋은 축에 든다.

방과 후 애매하게 시간이 남아 심심할 때나 마침 거기 히라노가 있을 때 잡담을 하기는 한다. 대충 용건을 물었더니 체육관에서 농구부 경기를 본다길래 따라가 본 적도 있고.

점심도 서로 꼭 정해진 누군가와 먹는 타입은 아니라서, 근처에 있으면 적당히 대화한다.

평소에 전혀 안 어울리는 사이는 아니다.

그래도 서로의 개인적인 이야기는 거의 하지 않는다. 히라노가 룸메이트랑 지나치게 사이가 좋은 건 알고 있지만 말이다. 그러고 보니 둘은 지금 어떻게 지내고 있으려나.

"……."

히라노, 하고 부르려다 말았다.

히라노는 진지하게 책상에 앉아 수식을 풀고 있다. 내 시선을 느끼는 기색조차 없다. 상당히 집중하고 있는 모양이다.

당연한가. 자습실이잖아.

아니, 나야말로 뭐 하는 거지. 대부분의 애들이 아예 나오지도 않는 자율등교 기간에, 일부러 아침부터 학교까지 와서는 이러고 있다니. 그냥 시간만 버리고 끝날 것 같다.

…시험 시간을 생각하면, 시간을 재면서 푸는 게 맞겠지.

모의고사라면 굳이 신경 쓰지 않아도 자동으로 그럴 수밖에 없지만, 이 시기에 접어들면 실제로 내가 어디까지 할 수 있는지 기준이 필요해진다.

—내일 해볼까. 실전처럼 손목시계도 가져오고.

이어폰이 가방 안에 있던가. 시계 대신 핸드폰 타이머로 시험 시간을 재도 되겠지. 울리면 시끄러울 테니까 이어폰을 연결하면 되고.

그렇게 생각하며 옆 책상에 둔 가방에서 이어폰을 꺼내려다가, 이제 막 공부를 시작한 참에 괜히 부스럭거리는 것도 좋지 않겠다 싶어 몸을 일으키는 걸 그만뒀다. 귀찮은 마음도 있었고, 무엇보다 옆에서 집중하고 있는 히라노의 모습을 보고 있자니 이런 일로 주의를 흩트리고 싶지 않았다.

힐끗 옆을 보기만 해도, 히라노가 얼마나 진지하게 공부에 몰두하고 있는지가 전해진다.

마음을 다잡아야 한다. 이러고 있는 사이에도 격차는 벌어지고 있다.

고개를 들자 자습실 벽시계가 눈에 들어왔다. 여덟 시 사십분.

—핸드폰도 필요 없겠다.

준비하려던 핸드폰을 엎어 두고, 눈앞의 문제집에 집중하기로 했다.

잠시 문제를 풀었지만, 집중력이 끊기기 시작했다.

머리에 손을 얹자, 후— 하고 나도 모르게 한숨이 새어 나온다.

제한 시간을 의식하고 풀다 보니 조급해져서인지 평소 수험 공부보다 더 피곤하다. 평소에는 약한 과목을 조금 하다가 참고서로 돌아가거나 하는데, 그런 게 나름 기분 전환이 됐던 모양이다.

한 가지 일에 계속 집중하는 건 원래부터 서툴다. 수능이 가까워질수록 더더욱.

고등학교 입시와는 또 다른 종류의 압박을 느끼는 것은, 어느 정도 장래를 의식하기 시작했기 때문일지도 모른다.

게다가 이런 시기에 사귀기 시작했기에, 만약 내가 수험에 실패라도 한다면 먀짱에게 괜한 짐을 지우게 될지도 모른다. 그것만은 꼭 피해야 한다.

훅 하고 공기가 움직인 것 같아 옆을 보니, 마침 히라노도 펜을 내려놓은 듯하다. 나를 의식해서 그런 건 아니겠지만.

으아, 하고 소리도 나지 않는 하품을 하며 히라노가 팔을 들어 기지개를 켠다.

응. 잠깐 쉬자.

"나 음료수 마시고 올 건데, 히라노는? 자판기에서 뭐 사다줄까?"

자습실은 음식 섭취 금지라, 밖에서 마셔야 한다.

"아니, 나도 갈게. 바깥 공기도 좀 쐬고 싶고."

“그럼 같이 가자. 열쇠 잠글까?”

“글쎄, 뭐… 지금 우리가 전세낸 상태니까, 그럴까.”

방과 후에는 개방되는 자습실이지만, 이 시간대는 허가를 받은 사람만 사용할 수 있다. 이 시점까지 아무도 오지 않았다면, 새로 등교하는 녀석도 없을 것이다.

열쇠 관리는 히라노 담당이다. 서로 짐은 그대로 두었다. 금방 돌아올 거니까.

핸드폰과 지갑만 챙겨서, 차가운 복도를 조용히 걸었다.

가장 가까운 자판기는 계단 입구 바로 옆에 있다.

따뜻한 코코아 캔을 하나 사서 계단을 올라가는데, 추위 때문에 몸이 저절로 떨렸다.

“춥다.”

히라노가 중얼거린다. 그러게.

“겉옷을 입고 나올걸….”

입고 왔던 겉옷은 자습실에 그대로 두고 왔다.

“뭐 하냐, 바보야.”

히라노가 웃음기 섞인 투로 툭 던진다.

“안 추워?”

“근육량이 다르거든.”

“와— 상처 주네.”

확실히 체육시간에 옷을 갈아입을 때 얼핏 본 히라노의 몸에는 근육이 단단히 붙어 있었다. 운동부에 소속된 것도 아니고, 옷을 입고 있으면 마른 편으로 보이는데도 말이다.

“미안하다.”

나로 말하자면, 체격이 괜찮다는 사실에 안주해서 몸을 단련하려고 노력해 본 적이 없다. 늘어지지는 않았지만, 히라노만큼 근육이 붙어 있지는 않을 것이다.

“근력운동 할 거니까 괜찮아.”

농담처럼 받아친다. 그래도 이러다 배탈 나면 진짜 바보 같으니까, 내일은 핫팩이라도 챙겨올까 싶다. 음식 장사를 해서 그런지, 우리 집은 배의 상태에 좀 예민하다.

그러는 사이 벌써 자습실 앞이다. 안에서 마실 수는 없기에 어쩌다 보니 복도에서 마시게 됐다.

코코아를 쥔 손만 지끈거릴 만큼 뜨겁다. 창밖을 바라보니, 서성거리는 사람은 단 한 명도 없었다.

이상한 상황이다. 교실도 아니고 자습실도 아닌, 수업 시간인 복도에서 히라노와 둘이 있다니.

정적에 잠긴 학교 건물은 작은 소리 하나도 크게 울릴 만큼 조용하다. 우리는 자연스럽게 목소리를 낮춰 대화했다.

원래 둘 다 시끄럽게 떠드는 스타일은 아니라서, 평소와 크게 다를 건 없었다. 화만 안 나게 하면 히라노는 차분한 남자다.

우리 말고는 아무도 없는 복도에, 어딘가의 교실에서인지 선생님의 목소리가 희미하게 새어 나왔다. 교실 문을 열고 그 안쪽으로 돌아가는 건 한참 뒤, 졸업식 준비를 할 때뿐이다.

멀다, 라고 느낀다.

아, 나 수험생이구나— 싶은 생각도 들고.

가라앉아 있을 코코아를 젓기 위해 천천히 캔을 흔들며, 길게 숨을 내쉬었다.

이런 모습은 지금까지의 나라면 상상도 못 했을 일이다. 반에서 공부 잘하는 녀석과 자습실에서 나란히 앉아, 묵묵히 입시 공부. 쉬는 시간조차 교내를 어슬렁거리지 않고 성실하게 자습실 앞에 머무는 모습.

…뭔가, 나답지 않아서 기분이 이상하다.

오늘은 아무래도 너무 범생이가 된 것 같다. '내가 지금 무슨 생각을 하는 거지' 하고 털어내듯 고개를 흔들었다. 공부를 너무 해서 좀 이상해진 걸지도 모른다.

먀짱네 수업은 점심까지였던가. 끝날 때까지 두 시간은 넘게 남아 있다. 절반이 남은 셈이다. 어떻게든 할 수 있겠지.

"히라노, 몇 시까지 공부할 거야?"

히라노가 캔커피 뚜껑을 따는 걸 보고, 나도 따라서 코코아를 땄다.

이렇게 보니 히라노는 역시 좀 양아치 같네.

"점심까지."

아— 따뜻하다. 몸에 스며든다.

"흠—."

그럼 딱 적당한 시간까지 옆에서 딴짓을 막아주는 인간이 있는 셈이다. 운이 좋다.

그대로 자연스럽게 대화가 끊겼다. 둘 다 말수가 많은 편이 아니라서, 딱히 용건이 없으면 굳이 이야기하지 않는다. 침묵도 불편하지 않고.

어제 학교에서, 순간적으로 손을 뻗으려다 죄책감과 후회를 동시에 느꼈다.

사과밖에 할 수 있는 게 없는데도, 거리를 두는 것만은 피하고 싶어서 내 감정만 일방적으로 밀어붙이려 했던 나에게 먀짱은 고백에 대한 대답을 해줬다.

'사귀어도 좋다' 같은 애매한 말이 아니라 똑바로 나를 보고 좋아한다고 말해 주었고, 그 뒤에도 마음이 담긴 말을 건네줬다. 그 모든 말에 나를 불안하게 하지 않으려는 배려가 가득 담겨 있어서, 지금 돌이켜 봐도 정말 대단하고 감동스럽다. 그런 사람을 내가 만났다.

그리고 서로를 만지고, 키스하고. 울었다가 웃었다가 정신없었다.

제대로 사귀고 있는 상태라는 걸 먀짱이 재차 확인했던 것도, 지금 생각하면 웃음이 난다. BL적 사고가 그대로 묻어나는 사고방식이 참 먀짱답고, 사랑스러웠다.

먀짱, 지금 무슨 수업을 듣고 있을까.

히라노는 히라노대로 뭔가 생각하고 있겠지. 잘은 몰라도.

…이럴 때 문득, 괜히 폼을 잡는 내 모습이 갑자기 붕 떠 보일 때가 있다.

연인 앞에서는 멋있는 모습을 보이고 싶다. 공부를 열심히 하는 이유도, 솔직히 조금은 그래서이기도 하다. 그게 다는 아니지만.

관심 있는 학부는 문과 쪽에 가깝지만, 내가 비교적 잘하는 건 오히려 수학 같은 이과 과목이다. 솔직히 말하면 꽤 고전 중이다.

유일하게 자신 있는 수학이 시험 선택 과목에 들어 있어서, 그나마 조금은 도움이 됐다.

선생님은 "수학만으로 합격하고 와라." 같은 농담을 하지만, 배점상으로 봐도 도저히 무리다. 지금이 아마 인생에서 제일 공부를 많이 하는 시기일 것이다.

차라리 편하게 이공계로 갔으면 좋았을지도 모른다는 생각도 든다. 하지만 '할 수 있으니까', '들어갈 수 있으니까'라는 이유로 선택을 하면, 고등학교에 막 들어왔을 때와 다를 게 없어진다. 귀찮아지고, 왜 다니는지 의미를 못 느끼게 될 것이다.

좋아하는 것, 흥미 있는 것을 신나게 이야기하는 먀짱을 보면서 생각했다. 조금이라도, 아주 조금이라도 다른 곳보다 흥미를 가질 수 있는 학교를 목표로 하지 않으면, 나는 아마 가서도 의미를 찾지 못할 거라고.

—응원하고 있다는 말을 조금 전에 듣기도 했고.

그렇게 생각하니 응원받고 싶어서, 멋있는 척하고 싶어서 공부하고 있는 것 같기도 하다.

폼을 잡고 싶어 하는 게 너무 훤히 보여서 오히려 모양이 빠지는 듯도 하지만, 먀짱이 학교에서 수업을 듣고 있는 동안 내 방에서 질질 늘어져 어중간하게 시간을 보내는 것보다는 조금이라도 노력하는 편이 분명 더 나을 것이다.

자연스럽게, 힘을 주지 않고 노력하는 사람도 분명 있긴 하겠지만, 크든 작든 긴장하는 게 수험생이니까.

먀짱을 만나기 전의 나라면, 이런 생각은 못 했을 거다. 누군가를 소중히 하고 싶다는 연애 감정 자체를 의심했고, 그럴 수 있는 사람이 가까이에 있어도 나는 다르다고 생각했다. 결과가 보장되지 않은 일에 열정을 쏟는 원동력이 어디서 나오는지도 몰랐고, 귀찮다는 틀 안에 대충 묶어서 분류해 버렸던 것 같다.

그때, 히라노가 문득 고개를 들었다.

"그 뒤에 미야노랑은 무사히 만났어?"

놀랐다.

히라노가 이런 화제를 스스로 꺼낼 줄이야.

"응. 역에서 딱 만났어."

아니, 근데 뭘 놓고 왔다더니.

대답하며 웃음이 새어 나와 말이 흐트러졌다. 어제 먀짱과 내가 순조롭게 만날 수 있었던 건, 히라노의 도움이 컸다.

"닥쳐."

민망함을 감추는 게 분명한 히라노의 태도는 정말 무뚝뚝해서 더 웃겼다.

아, 그러고 보니 나랑 히라노는 공통된 취미도 없고, 공통된 화제도 없구나.

대부분은 수업이나 선생님에 대한 이야기뿐이고, 사적인 얘기는 거의 한 적이 없다. 물론 먀짱을 제외하고.

"히라노, 넌 미야노를 어떻게 생각해?"

미야노라고 부르는 건 오랜만이다.

"엉?"

히라노는 의아하다는 반응이었다.

아, 오해했나. 그런 의미가 아닌데. 이상한 오해를 해서 묻는 게 아니라.

"그 왜, 처음엔 우리 애한테 손대지 말라고 화냈잖아."

2학년 7월에 먀짱을 처음 만났고, 친해지기 시작한 건 가을쯤이었다.

그 무렵엔 내가 먀짱을 만나러 가면, 몇 번에 한 번꼴로 히라노에게 잔소리를 들었다. 딱히 신경 쓰진 않았지만 건드리지 말라고도 했고, 소중한 후배에게 내가 접근하는 걸 썩 좋게 보지 않았던 건 분명하다.

"그건 네가 갑자기 어깨동무를 한다든가, 거의 매시간 다른 학년 교실에 가고 그랬으니까지. 선생님들한테서 '저 녀석 왜 저러냐'는 말을 얼마나 들은 줄 아냐? 원래는 자리에서 거의 안 움직이던 애가 갑자기 교실을 그렇게 자주 나가잖아. 그것도 땡땡이가 아니라 후배 교실로. 누구라도 무슨 일인지 신경 쓰이겠지."

이렇게만 들으면, 상급생이라는 걸 내세워서 후배를 갈구는 놈 같네.

"하하. 그렇게까지 내가 이상해 보였나."

선생님들까지 신경 쓰고 있는 줄은 몰랐다.

"엄청."

히라노가 어이없다는 듯이 말했다.

겉보기에도 꽤 위험해 보였던 걸까, 당연하게도.

먀짱은 얌전해 보이는 인상이고, 나는 대충 행실이 안 좋아 보인다는 소리를 듣는 편이다. 그런 놈이 수시로 들락거리면 걱정되는 것도 무리는 아니겠지.

이렇게 말해주니 납득이 간다. 그렇구나.

나는 전혀 주변을 못 보고 있었구나.

처음 느껴보는 감정에 마구 들떠서 떠들어대고. 묘하게 필사적인 느낌을 줬을지도 모른다.

지금 와서 생각하면 부끄럽기도 하지만, 그래도 그 덕분에 먀짱과 친해질 수 있었으니까 됐나. 매일이 즐거웠고.

"…미야노는 그냥, 좀 손이 많이 가는 후배일 뿐이야."

히라노가 툭 내뱉듯이 말했다. 아까 내가 한 질문에 대한 대답일 것이다.

그 말을 들으니, 문득 떠오르는 게 있었다.

"흠—. 근데 히라노는 룸메이트랑은 어떻게 됐어?"

"엥? 갑자기 무슨 소리야."

히라노가 미간을 찌푸렸다.

"먀짱이 궁금해하길래."

"대답하겠냐…."

어이없다는 듯한 말투다.

아무 일도 없었다면 이런 반응은 안 보였을 텐데 싶지만, 히라노는 속을 읽기 어려운 놈이다.

"뭐, 조만간 만나겠지. 우리가 졸업한 후에도 그 녀석들은 아직 1년 더 학교에 있을 테니까."

아, 그럴 가능성도 있겠구나.

"그럴지도—."

그래도 나는 끝내 모른 채로 지나가게 될지도 모른다는 생각이 들었다.

알게 된 동급생에게 굳이 자신의 예전 룸메이트 이야기를 할 것 같지도 않고, 먀짱도 설령 아는 사이가 된다 해도 예전에 자기가 신경 쓰던 상대였다는 걸 깨닫지 못한 채로 지나칠지도 모른다.

…나, 졸업하는구나.

복도의 차가운 공기 탓에, 한번 데워졌던 몸이 다시 조금씩 식어간다. 손에 쥔 코코아 캔도 제법 미지근해졌다.

“야, 너 말이야. 룸메이트이란 호칭 좀 어떻게 안 되냐? 계속 그렇게 부를 거야?”

음— 이건… 이름이 뭐냐고 안 묻는 게 이상하다는 뜻인가?

“아니, 친구 룸메이트 이름까지 굳이 알고 싶지 않아서.”

말하고 나서, 왠지 입안이 간질거렸다.

대놓고 ‘친구’라고 말하는 게 꼭 초등학생 같잖아.

하지만 히라노는 별로 신경 쓰지 않는 듯, 의아한 기색으로 고개를 갸웃했다.

“그건 또 무슨 기준이냐.”

지적을 받으니 조금 곤란해졌다. 나한테는 당연하지만, 말로 설명해 본 적은 없는 감각이니까. 히라노라면 음, 이해하려나.

“음—… 뭐, 이를 테면 오가사와라의 여친 이름 같은 거지. 알고는 있지만 부르고 싶진 않거든. 괜히 그렇게까지 관여하고 싶지 않다고 할까."

중학교 동창이라서 말 섞을 일은 있었고, 심지어 내 방에 드나든 적도 있지만 그건 오가사와라가 목적이었을 뿐이라 친구라는 느낌은 들지 않는다. 어디까지나 오가사와라를 거치지 않으면 접점조차 없었을 상대다.

"…나보고 미야노 이름 부르지 말라는 얘기야?"

음—. 제대로 전달이 안 된 듯하다.

히라노 입장에선 아무래도 상관없는 이야기일 텐데, 이렇게까지 들으려고 드니 괜히 설명해야 할 것 같은 기분이 든다.

"아니, 그건 아니고. 너는 너대로 선도부 인연도 있잖아. 예를 들자면 오가사와라한테 형이 있는데, 그 사람한테는 절대 먀짱 이름을 부르게 하고 싶지 않긴 해."

애초에 내가 그 사람 이름을 부를 일조차 없는 관계니까.

먀짱의 존재를 아예 알리고 싶지 않다기보다는, 전해 들은 얘기로만 아는 사이에 아는 척하며 말을 꺼낸다고 생각하면 상상만 해도 불쾌하다. 설령 호의적인 말이라 해도.

히라노는 잠시 생각하더니, 여전히 고개를 약간 갸웃한 채 입을 열었다.

"…무슨 악연 같은 게 있냐?"

아, 그렇게 받아들이는구나.

어렵네. 기숙사 생활이 가능한 정도니까, 히라노는 퍼스널 스페이스가 좁은 편인 모양이다.

"아니, 그런 건 아니고."

"아—… 그럼, 한자와한테도 형이 있는데, 그 사람이 부르는 것도 싫어?"

이런 식으로, 이해하지 못한 말을 중간에 포기하지 않고 끝까지 파고드는 점에서 히라노는 강하다고 생각한다.

이 녀석이 사람과 제대로 마주하는 게 어렵다고 고민하는 날이 과연 올까, 싶은 생각이 든다. 물어볼 생각은 전혀 없지만.

"안 불렀으면 좋겠어—."

식어버린 코코아가 다시 가라앉을 것 같아서 캔을 빙글빙글 돌렸다.

"아—. 이제 좀 알 것 같아."

"진짜로?"

졸업이 코앞이 아니었다면, 이런 이야기는 하지 않았을 것이다.

이별을 앞둔 상태에서 나오는 감상은 좀 축축하지만 나쁘지만은 않다.

“말하자면, 좀 대략적인 느낌일 수 있지만 자기가 속한 그룹이 아닌… 친구라든가 그런 가까운 범주에 들어오지 않는 인간이 끼어드는 게 싫은 거지? 의리니, 인간관계니 하는 거.”

“아— 그럴지도. 딱 그런 느낌.”

마음 안쪽이 침식당하는 기분이 든다.

그 반대도 스트레스다. 굳이 몰라도 될 것까지 알고 싶지 않다.

“…뭐, 미야노를 잘 모르는 녀석들이 소문 같은 거 퍼뜨리면 나라도 열받을 것 같긴 해.”

히라노가 진지한 얼굴로 말했다.

“선배로서 그냥 넘길 수 없어?”

“그럴지도. …아니, 잘 모르겠지만. 나야 결국 미야노가 괜찮다고 하면, 그걸로 됐다고 생각하니까.”

어쩌면 처음에 나는 거기에 있었던 건 아닐까, 하는 생각이 들었다.

히라노가 본 내 위치.

“그게 마짱이 아니라, 히라노에게 특별히 소중한 상대라도? 상대에게 안전한지 어떤지도 모르는 인간이 흥미를 가지고 다가와도, 그렇게 관대할 수 있어?”

히라노를 알고 싶은 것도 아닌데, 왠지 모르게 그런 말이 튀어

나왔다.

"안전의 정의가 뭐냐."

히라노는 살짝 미간을 찌푸렸다.

화가 난 게 아니다. 이해하려는 얼굴이다.

"손을 댈 가능성이 있거나, 상처를 주는 정도까진 아니더라도 괜히 관심을 가지는 녀석들이라든가."

나는 아마 새로 알게 된 사람이나, 아직 친하지 않은 관계에 대한 거부감이 강한 편인 것 같다.

속 시원하게 털어놓는 성격은 되고 싶어도 될 수 없고, 되고 싶지도 않다. 편하지 않은 상대가 선을 넘는 것이 싫어서 견딜 수가 없다.

"아—··· 미안. 물어봐 놓고 이런 말을 해서 미안한데, 난 대인 관계에서 거리감을 그렇게까지 엄밀하게 생각해 본 적이 애초에 없어···."

난처한 듯 말하는 히라노에게, 나는 쓴웃음을 지을 수밖에 없었다.

"누구든 웰컴이라는 거야?"

"몰라. 애초에 나도 그렇게 호감 가는 타입은 아니고. 그래도 처음부터 무리라고 방어벽을 치는 건 상대에게 실례라고 생각하거든. 네 생각을 부정하는 건 아니지만, 어떤 계기로 친해질지는 모르는 법이잖아."

대단하네. 근데 히라노, 의외로 자기 자신을 모르고 있는 거 아냐?

"아니, 히라노는 친구 많잖아. 후배들도 널 잘 따르고. …그렇게까지 하면서 인간관계 만들어 가는 거, 나는 귀찮아서 못 해."

아.

"아차."

또 귀찮다고 해버렸다.

혼잣말처럼 중얼거리자, 히라노가 작게 웃었다.

"그러고 보니 귀찮다는 말 오랜만에 듣네. 1학년 때는 진짜 뭐가 그렇게 귀찮냐 싶었는데."

"안 하려고 신경 쓰고 있거든."

귀찮아하며 살다 보면 자기 자신도, 자기가 하고 싶은 것도 잘 안 보이고 흐릿해진다.

노력가가 되고 싶은 건 아니지만, 나아가기도 전에 포기해 버리면 하루하루가 더 재미없어진다. 나는 그런 점을 바꿔나가고 싶다.

"그렇게 자주 후배 교실 들락거리던 놈이 귀찮기는 무슨."

아까도 비슷한 소리를 들었는데.

그때는 그런 걸 의식해 본 적이 없었다.

귀찮은 일은 한 번만 해도 오래 기억에 남지만, 즐거우면 수고스러움 같은 건 생각조차 안 나니까 그렇게 엄청난 일을 했다는 느낌은 없다.

"뭐, 먀짱이었으니까."

아, 왠지… 웃는 얼굴만 떠올려도 힘이 난다.

그러는 사이에 수업이 끝났음을 알리는 종이 울렸다.

재학생들이 한꺼번에 교실에서 나오기 시작하자, 교내의 공기가 갑자기 흐르는 게 느껴진다.

"슬슬 안으로 돌아갈까."

"그래."

재촉을 받고 히라노와 함께 자습실로 돌아간다. 어깨를 돌리고 숨을 내쉬자, 집중력이 돌아온 게 느껴졌다.

좋은 휴식이 됐던 모양이다. 남은 두 시간도 열심히 보낼 수 있을 것 같다.

끝나면, 오늘도 좋아하는 사람을 만날 수 있다.

소설
사사키와 미야노
SASAKI AND MIYANO
2학년

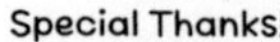

Special Thanks!

집필　하치조 코토코 작가님
소설 <히라노와 카기우라>, <사사키와 미야노 1학년>에 이어 이번 작품도 집필해 주신 작가님.
<사사키와 미야노>에 등장하는 수많은 인물들을 모두 파악하신 뒤, 제가 전달드린 플롯 이상의 '모에' 포인트를 가득 담아 집필해주셨습니다. <사사키와 미야노>를 정말 다양한 시점으로 매력적으로 보여주시는 분이세요.

담당　사쿠라자와 님
<사사키와 미야노> 제3권부터 담당해주셨습니다. 만화 담당이시지만, 전 직장에서의 경험 덕분에 소설 편집도 가능하신 분이시고, 잠을 언제 자는지 알 수 없는 분이기도 합니다. 작업 때문에 통화할 때, 잡담이라는 명목으로 출판업계에 대해 궁금했던 것들을 이것저것 캐묻듯 질문세례를 퍼부어 죄송했습니다. 5개월 연속 간행(소설은 2개월 연속)이 가능했던 것은 전부 사쿠라자와 님 덕분입니다.

부담당　마츠자키 님
올해부터 <사사키와 미야노>의 서브 편집, 굿즈 관련 감수와 관리 역할을 맡아 새롭게 함께하게 된 분입니다.
소설도 함께 체크해주셔서 정말 든든합니다.
편집자치고는 드물게 아침형 인간이신데, 제가 잠드는 시간에 일어나시는 것 같은 느낌이었습니다.

협력　진 편집부 여러분
존경하는 분들입니다. 세 번째 소설을 출간하게 해주셔서 감사합니다! <사사키와 미야노> TV 애니메이션화도 감사합니다!
낭독극도 감사합니다! 정말 여러 방면으로 다양하게 확장시켜주셔서 감사합니다!

어시스턴트　스기우라 님
굉장한 속도로 투명감 있는 아름다운 배경을 그려 주십니다. 수많은 배경이 원고에 들어갈 수 있는 건 전부 이 분 덕분입니다.

어시스턴트　어머니
톤을 붙여주십니다. 어머니 없이는 전 살아갈 수 없어요. 밤샘 작업에 동원해서 죄송합니다.

디자인　카와타니디자인
<사사키와 미야노> 시리즈를 계속 담당해 주고 계신 디자인 사무소입니다. 상상을 넘어서는 멋진 디자인을 보내주셔서, 러프 디자인을 보는 시간이 마감에 쫓기는 제게 힐링이자 즐거움이었습니다.

주식회사 RUHIA 여러분
전작과 전전작에 이어 이번에도 조판을 담당해 주셨습니다. 매번 아슬아슬한 타이밍까지 기다리게 해버렸죠.
정말, 진심으로 감사드려요.

신세키 다이스케 님 (주식회사 RUHIA)
전작에 이어 이번에도 교정을 담당해 주셨습니다. 추가 요청을 드린 부분만 해도 상당했기에, 교정 작업량이 엄청났을 것 같습니다……. 항상 감사한 마음입니다.

KADOKAWA 영업부
이번 연속 간행에 있어 사쿠라자와 님과 여러 차례 소통하며, 꽤 오래전부터 다양한 기획을 준비해 주셨다고 들었습니다.
읽고 싶어 하시는 분들께 책이 닿을 수 있도록 힘써 주시고, 조금이라도 더 눈에 띄도록 기획해주시고,
많은 책을 판매해 주셔서 정말 감사합니다.
시리즈 누계 100만부 돌파라는 기록은, 영업부 여러분 없이는 절대 이룰 수 없는 성과라고 생각합니다.

빡빡한 스케줄 속에서 늘 깔끔하게 인쇄를 해주시는 인쇄소 여러분
막힘 없이 배송해주시는 배송 담당 여러분, 서점 여러분
출판 취급사 관계자분들을 비롯해 도움을 주신 많은 분들
보다 많은 분들께 작품을 전해주시는 모든 분들께
진심으로 감사드립니다.

그리고 twitter나 pixiv, 원작 만화를 항상 응원해주신 여러분.
덕분에 이번 책이 나올 수 있었습니다.
이 책을 읽어주신 모든 분들께. 진심으로 감사드려요!!

여러분 덕분에
책이 나올 수 있었습니다.
감사합니다!

2022.1.27

서비스 만화

엇갈린 수학여행.

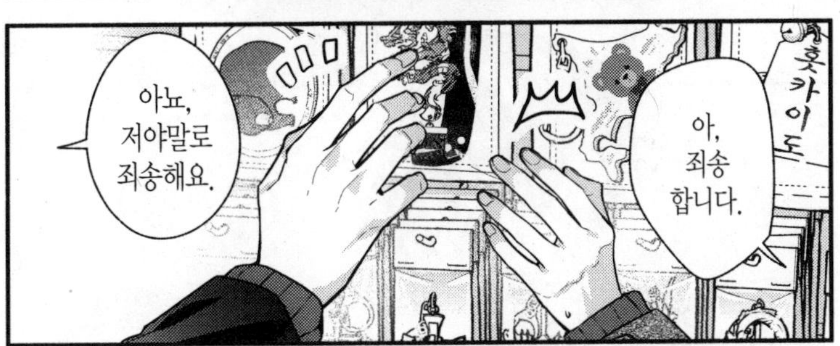

※서비스 만화는 오른쪽에서 왼쪽 방향으로 읽어주세요.

피어싱 비율

근데—
선배들 보면 피어싱한 비율이 높지 않아?
사사키 선배, 히라노 선배, 오가사와라 선배, 한자와 선배까지 —….
좀 지나갈게
미안—
한자와 선배도 피어싱 했어?
그녀한테도 보고하는 게 좋을까
휴일에 만났을 때 보니까 하고 있던데?

졸업해도 수수께끼인 사람

자습반

이제 슬슬 들어갈까?
그래. 히라노, 캔은 어디 버려?
가는 길에 자판기 옆 쓰레기통.
째깍
째깍
째깍
째깍
째깍

이 문제 어디선가 본 것 같은데.
뭐라고 번역 하더라…
영어는 어려워
히라노는 알려나.

…좀만 더 생각해보자.
5분만 고민해보고 생각 안 나면 사전 찾자
…졸려.

피곤해.
자습실 의자는 너무 낮아.
넌 키가 크니까. 부럽다—.

……
히라노도 작은 키는 아닌 것 같은데….
아, 룸메이트가 나보다 크댔나?
어— 엄청 크지—.
그 녀석이랑 대화하면 고개 아파.
흐음—.
마짱도 그러려나.
…좀 숙여야겠다.
딩 동—
댕 동—
나중에 혼난다

소설 사사키와 미야노 2학년

2026년 03월 08일 초판 인쇄　2026년 03월 15일 초판 발행

원작/만화 : Shou Harusono
소설 : Kotoko Hachijo
역자 : 한나리
발행인 : 황민호
만화/웹툰사업본부장 : 이봉석
책임편집 : 주어진 / 임효진 / 김영주
발행처 : 대원씨아이(주)

서울특별시 용산구 한강대로 15길 9-12
전화 : 2071-2000·FAX : 6352-0115
1992년 5월 11일 등록 제 3-563호

잘못 만들어진 책은 구입하신 곳에서 교환해 드립니다.
문의 : 영업 02) 2071-2072 / 편집 02) 2071-2113

ISBN 979-11-423-4243-1 07830